胭+砚
project

连岳 著

我爱问连岳

3

东方出版中心

再版序言

再版这套书，两个原因。

一是不停有读者询问。这对作者来说，当然受宠若惊，10多年前开始出的书，仍然有人想看，我有责任不让读者只能淘二手书，或者买那些来历可疑的版本。

二是《我爱问连岳》系列恢复新书出版，再版之前的旧书也有必要，整个体系才完整。

所以，有这套我重新编辑的《我爱问连岳》(1至5)。

想到自己无意当中开始记录这个时代的爱，还是挺开心的，它值得我继续。

祝你阅读开心。

连岳

目录

标价那么明确,
还能叫你什么呢?

连岳:

你好!

新买了本《我爱问连岳》,尚未来得及看完,就有了给你写信的想法,因为发现我们的想法非常不一致,呵呵,每次我觉得你可能会骂对方的时候你赞扬他了,我觉得你会安慰对方的时候你却又骂他了。不知道仅仅是我们两个人思维有区别还是男与女整个两大类的区别。

总的来说,发现你喜欢聪明、能够自我调节、不给别人惹麻烦的人,是吗?我不能说自己聪明,但是绝对是可以默默无闻不露声色谈恋爱然后再忘记的女人,不甘寂寞可能是所有白羊座的女人共有的特质,因为我身边有好几个这样的。当然也可能只是我们自己给自己找的借口,哈哈。但是我真的需要这些,说诱惑也好说感情寄托也好,没有它们我会死气沉沉,会对家人发脾气,会觉得日子过得好没意思。

　　我长得还行，起码很多人都这么说，不管男女。但是从小就一直没有人"猛"追，我只要那种狠劲，那些频送秋波的，那些挤眉弄眼的，那些托人传话的，都让我恶心！我要感受到爱的力量，而不是暧昧。但是就是没有这样的人。身边的人说我看上去超级理智，其实那只是假象，我等不到热烈，只好冷漠下去。

　　工作以后，超想恋爱，现在的老公是在我主动表白以后才采取行动的，而且很坚持，从不言弃，哪怕全世界都反对，他还是用他的坚持感动了我。起初真的只是想恋爱，没想到惹了不该惹的家伙，套牢了。

　　这个世界远没有我们想象中的美好，因为我结婚以后，忽然有已婚男人开始猛追我了。手段之高超，表达之直白，礼物之昂贵都是超过我老公的。然后我这才发现自己真的是超理智的人，因为再怎么样都不能让我投入了，因为我知道一个真理：他们只是玩玩的。我没有拒绝他们，但是绝不和他们上床，这是我的底线。然后大部分的男人都觉得没意思离开了，只有几个人成了我和我老公的朋友。听起来很不可思议，但是我老公就是这样一个有本事的人，容忍我，相信我，并且有办法宏观控制我哈哈。

　　但是，一旦他们成了我老公的朋友，我又要

开始和下一个周旋，信来信往，保持着精神上的暧昧交流，直至他们有非法的要求。

你会说我变态吗？哈哈，无所谓啦，真的只是好玩。

祝你快乐！聪明人！ :）

无所谓

无所谓：

谢谢你买我的书，更得谢谢你和我观点不同。让我们再不同一次吧。这次，你也许觉得我会夸奖你吧？

聪明的、自我调节的、不给别人惹麻烦的人，岂止我喜欢，全世界都喜欢。这样的人分配在每一个星座，所以今天你以白羊座形象代言人出现，我还得说，你所有的属性都只是你专有的。

可能最难把握的就是"聪明"这种元素了。它并不是越多越好的，到了你聪明地以为掌控了一切对手的时候，可能反而是"聪明"的奴隶了。正如精明的人不会吃亏，某种程度上这种人还是商业文明的基础，但是在现实生活中碰到的那些过于精明的人，你却难以产生亲近他们的心思，他们手法精巧地拧开水龙头滴水，力度恰恰好到骗过水表——你说这种敏感用来拉小提琴有多好；他们柔滑地停在他人产生厌恶感的关头，顺利得到了三两块钱，而这种本事原来应该成为策略专家的。

聪明过度也是这么一回事。

其实，聪明有时候看起来有点笨，聪明反而是不占小便宜的，聪明是懂得适当地"不聪明"，正如有位音乐家说的，将自己的耳朵训练成唯有音乐才能进入，那样其实隔断了一些优美的听觉冒险。音乐有些时候是"不音乐"，所以巴赫偶尔会在音乐中捉弄听众——因为他猜想在那个时间点有些人睡着了；而汽笛声进入乐谱也是现代音乐的大事之一。

我希望上面这些话没有把你绕晕。如果你晕了，我换些猛话吧，反正你也喜欢猛一点的。

有个不幸的事实是，性产业是人类社会最古老的职业，它和爱情一样长久。性作为商品后，它就有了明确的商品属性：顾客相当明白自己花多少钱买多少东西。我不懂得我们现在有没有性工作者（在一个纯洁的社会里，我就是这么纯洁），但是查查资料很容易知道，在有性工作者的地方，陪你喝酒得多少钱，坐在你腿上又下不了那个价位，而一起共赴巫山翻云弄雨，你当然也得掏出钱才能离开，而据说吻是不卖的——不过，我对此高度存疑。这些性买卖经验你不能带回家里，一个男人不可能抱抱老婆就在心里想：又省了500块小费。说句题外话，有那么多夫妻长期互相不碰触对方的身体，从目的论的角度来看，我还宁愿他们脑子糊涂一点，多想着小费，就会多与老婆亲热亲热。

恋爱离不开金钱，随便做什么都得花钱，但是恋爱与买春的区别是，你不可能把爱切割标价出售。所以你的"爱情游戏"挺独特的，设定不上床的底线，然后调情、暧昧、收礼、介绍给老公当朋友，精细得像流水线作业。夫妻互赞对方本事了得，其乐融融。我其实宁愿你不要这么得意，失失手也好，比如和某个男人过了底线，上了床——这样当然是游戏失败，也伤你老公的自尊，但是两害相权取其轻，这样至少说明你不是一个精明的——

性工作者。

祝开心。希望你还能接着买我的书。

连岳

2007年11月7日

爱情罗生门

Hi，智慧的连岳你好！

不知道有没有年轻的伴侣在遇到问题时一起写信给你，不管是什么动机，恐怕这份坦诚和直接是不多见的吧。把我们的信一起附上。

From Husband:

智慧的连岳：

我们是大学同学，大四开始拍拖，工作4年后买房，结婚，安定下来。一切本正常得再正常不过了。没有太多困难和挫折，一路这样走过来。本以为时间就会这样继续，可却……

遇到了她，如果真的和我老婆比，相貌不及，学历不及，谈吐不及，工作或能力等亦不及。可她却可以让我，轻易地在我老婆面前露出马脚，轻易地察觉我的心不在焉。像你所讲，"话题投机，就会一边聊，一边走到路的尽头；谈不来，互道再见，各走各的路。感情的事，不过如此"。

我的问题在于，爱情究竟是什么。我不知道

说这些算不算背叛，但或许对我来讲，不说更意味着背叛。有时候听着一支歌，突然会流下眼泪，因为在想她。有时候读着一段话，突然想念给她，因为觉得她会懂。我老婆曾问我，想过职场的规则么？上司和下属的暧昧关系，不新鲜但却可以致命，坦白讲，没想过。因为为了这个女人，我可以辞职（这种态度也很伤我老婆）。我想象的爱情，没那么复杂，在于不见时想见的冲动，在于相聚时不想对方离开。黑夜，不用期待黎明，因为有星星陪伴。而黎明，也不用特别雀跃，因为还有无数个黎明。当看着我身边的美丽的爱人睡去，深深的愧疚会从心底升起，因为我们的爱情，可能从开始就没有一致。

即便在我们大吵的时候，甚至谈到了分手，她的一句"可是我还爱着你啊"竟可以深深地刺到我最软弱的地方，让我想起我们无数的缠绵和甜蜜，一切要背叛的理由都要土崩瓦解。我会深深地自责，想象着用包容她的方式包容我老婆，变得对她更好，更从心底爱她。

Rgs,
需要帮助的人的老公

From Wife:

连岳：

你好！他精神出轨喜欢上了一个"能真实平等地交流"的女下属，我是通过每天十几个短信、近两小时的MSN频繁沟通觉出端倪，可其时正是我最忙的时候，有一半时间在外地出差要不就是在家加班；等稍微闲下来的时候才发现已经感情突飞猛进。我做了大部分女人会做的傻事（也是你在书中曾劝诫的）——查看他的聊天记录。

永远不会忘记在那个8月的炎热的下午，发现那些炽热的聊天记录以及那个女人对我们生活的刺探及挑拨时的寒冷与震惊，痛彻心扉。

他也第一次动手打了我，因为我偷看了他的东西。然后是没完没了筋疲力尽的愤怒纠缠、自我安慰，然后平静，然后周而复始。曾经想效仿三毛，故作潇洒地分开3个月让他自己冷静作选择，可是还是不舍在他的哀求下拂袖而去（也许我真的更爱他吧！）。

曾经想要个孩子，作为爱情的见证也让感情升华，一直觉得是理所当然而神圣伟大的使命，可是他一直坚决地拒绝，让我更是难过及怀疑——他对我们的未来究竟还有没有信心和承诺？

还是相信他和那个人没有实质出轨，但是精

神上的相见恨晚，觉得在我面前是行尸走肉的描述，他对我的动手以及拒绝与将来相连，拒绝共同生育抚养孩子都让我非常难过。一直想原谅想放下想继续好好过下去，也检讨自己太忙忽略了照顾和沟通，想说服自己相信一切都会好的，红颜知己其实只是一种交友方式，要充分信任对方给对方自由空间。可是一切的痛苦记忆就像藏在角落处诡异的心魔，在你不自觉的时候突然窜出来狠狠地咬你一口，鲜血淋漓。看着泛滥的婚外恋题材电视剧，听到撕心裂肺的背叛情歌都会从阳光灿烂变成情绪低落。

Best regards,
需要帮助的人

两位：

目前只知道一点，妻子还在爱着丈夫：明确知道他出轨，却依然在极力补救。而丈夫却并不知道自己是否继续爱着妻子。

对比两封邮件，在一些关键叙述上，双方的描述完全不同。这点很有意思。丈夫邮件里自我形象更为完美一些：他是主动承认的——这意味着某种勇气——"不说更意味着背叛"，同时，他是被挽留在婚姻当中的，"甚至谈到了分手，她的一句'可是我还爱着你啊'竟可以深深地刺到我最软弱的地方，让我想起我们无数的缠绵和甜蜜，一切要背叛的理由都要土崩瓦解"。

妻子则明确说明是自己不顾形象主动刺探得到的消息，"查看他的聊天记录"；而这次没能彻底分开的理由是"可是还是不舍在他的哀求下拂袖而去（也许我真的更爱他吧！）"。

打人一事，则在丈夫邮件中完全没有提及——我认为这是无法忽视的重要事件。

总之，在丈夫的自述当中，他敢爱、敢直面爱情中出现的怀疑，并且对自己的爱过的女人满怀温柔——对妻子，他有柔软自责的愧疚，对女下属，更是"突然会流下眼泪"。

而在妻子的旁证里，他却左右为难，恼羞成怒，无法作出选择与承诺。

这验证了一点人性：最高的自我评论，总是自己给的。根据任何一方的叙述作出的判断，可能都是片面的。这再次说明了情感为什么那么复杂，因为当事人，必然陷于罗生门迷局之中；而旁观者，又全然不知情。

还好，在这件事上，你们一些需要解决的问题浮了出来：双方有没办法保证见面的时间？要不要孩子？要的理由是什么？不要的理由又是什么？这无法以生半个孩子作为折衷……

真不知道你们六年恋爱都谈了些什么。

既然妻子仍然爱着丈夫，应该会再给他一个机会作出选择，这选择是以他的自由意志为前提的，也就是说，不受胁迫——任何选择都应如此——这有利于所有人，所以说，以"职场规则"作为劝说手段并不可取，这和有些人跑到对方的办公室大闹，试图用"公共压力"解决私事一样不可取，理由很简单，他在这种情境之下和你复合，说明他爱的是"职场荣耀"，而不是你。

而丈夫，看来也还需要一点时间。那么，就让我们出动著名的"三月原则"吧，给出三个月时间，一则解决双方已经看见的危机，二则让丈夫想想，他到底更离不开谁——在那个时间点，马上作出选择。这相当于股票中的止损，作这种决定会有些损失，但是不会深度套牢。如果丈夫最终选择了女下属（我觉得这个可能性挺大的，也许三个月后，你们还有心情告诉我你们最终的决定），那么，由于他的过错，我觉得他在分手时，应该主动给妻子在财产上的补偿。

而我希望现在，及以后，这位妻子，都不会将自己锁死在失败者的命运之中，"对他还有点爱意之时，他不爱我"，相比较于，"我憎恨他时，他不爱我"，前一种情境的损失小得多。

连岳

2007年11月14日

反谦卑结构中谦卑地爱

连岳：

我的职业是医生，大医院里年资低级的小医生，有姣好的容貌、娇好的声音及良好的教育背景。父母都是高级知识分子。但是，止于此了。我对自己是极不满意的。回首过去糟糕的27年的生活，长辈师长眼里的乖乖女，事实上过着一塌糊涂的生活。

14岁时被一位相当有才华的"大哥哥"看上，当年"大哥哥"以全校第三的成绩考入北大经济系，于是半崇拜着有了"乌托邦"式的初恋，相当美好。他赠送我北大百年校庆的金箔纪念封、图书和各种资料，激励我上进。可惜我没有考上北大，大二那年暑假去北京读GRE的时候，"大哥哥"已经与我分道扬镳，这时遇上了J，北大法学系的研究生。在GRE的课堂上，他代同学来听头节课，阴差阳错遇上我，于是就在一起了。他风雨无阻接送我上下课，晚上放下自己的论文答辩来给我讲解督促我背书做题，对我好得无以复加，带着我参加各种学校派对和聚会，生活多姿多彩，感觉每天谈笑有鸿儒。

当时考GRE是为了出国，想到能跟着J签F2出去，于是就不努力了，能走捷径干嘛费力气？命运开了个玩笑，J被拒签，我在大三的时候提出和J分手，转而和另一个拿了offer的清华的"大哥哥"书信往来，纸面上答应做人家的女朋友。

在我实习的时候，遇上了W和Y，第三段恋情宣告结束，第四和第五段恋情几乎同时开始。在美丽的西子湖畔，W令我沉迷陶醉；Y令我有公主般的受宠感。两个人都正直上进勤奋。不该有的第一次发生了，于是无法刹车。

一天突然发现自己怀孕，不知道是谁的，想到W正出差在哈尔滨，Y和父母住家半夜出来不方便，于是还是给W打了电话。他坐当夜凌晨1点的飞机赶来向我求婚。可是想到严厉的父母我退缩了。药流后的这个礼拜W请假在家陪我，照顾得无微不至。等我康复回实习单位的路上，我看到了憔悴的Y，整个人瘦了一圈，双眼通红，抱着我说：终于找到你了。他说：不管发生了什么，我都不再把你弄丢了。

这一刻，我突然非常有罪恶感，我感到自己会有报应的。毕业以后的生活，有一阵子几乎可以用荒淫无度来形容。不爱任何人，只在乎自己和自己的感受，矫情任性到无以复加，偏偏都是被好男人纵容出来的。

人，最终必须为自己所做的一切付出代价。当我爱"才气"的时候，非常"才气"的人爱上我，我没有珍惜，当我爱"财气"的时候，非常"财气"的人爱上我我也没有珍惜，站在今天回首，或许我付出的代价太大了。简直自己都要骂自己stupid。

现在，身边依然有一个号称爱我的男朋友，没有之前的优秀，也没有之前对我的好，或许是"报应"来了。我不知道什么时候我会结婚，对未来也没有把握，我只是，这个荒诞社会里一朵颓败的花。

80后最颓败的花朵

80后最颓败的花朵：

　　谦卑的人有福了。

　　《登山宝训》这句话你一定听过。谁没有听过呢。不过，我们只在有限的时间、有限的空间里做得到真正的谦卑。

　　因为人类社会呈反谦卑结构，我们在等级中攀登，熬时间，混资历，大医生可以命令小医生，教授的仪容自然比讲师庄严，而局长的笑话一定赢过科长的幽默度。我们还追求奢侈品，一件裘衣贵过小康之家一辆轿车，你的江诗丹顿精确度不如卡西欧电子表——可为什么让你有一枪傍身般的安全感？为什么城市的新移民精心模仿这座城市的口音？为什么一座城市的常住民在"乡下人"的紧张与迷惑当中，脚下忽然腾云一般，在优越感中HIGH了起来？

　　为什么？不外乎"高贵"是我们的人生动力。不要指责与嘲笑人性，这就是人性。"自高者必降为低"？我不在乎，先让我高吧……

　　那些小市民的势利，我们何尝没有？只不过，我们可能藏得好，或者，我们幸运地有另一个"我"跳出来朝自己冷笑——哦，你不过这般货色！

　　这个在空中冷笑的另一个我，就是我们的谦卑。它不是宗教意义上的谦卑，以显示我恪守教条，比别人更有教养，从而坐上了通往天堂的头等舱；它不是推销员的谦卑，推销员记住

你的名字、你的生日、你的喜好，从不与你争辩，定期发短信
问你的好，那是让你更乐于买他的商品。

这种谦卑，往大里说，它让我们成为文明人，深知人性的
弱点，在我们身上一一具足，那么多恶习并存于一身而不嫌累
赘，仿佛蜈蚣的千足。往小里说，它使我们有了爱的能力。爱
是最性感的文明。

爱的谦卑，不能混同于地位不平等的弱势，你爱一个姑
娘，她不鸟你，可是你甘愿当车夫、当出纳、当拉拉队队员，
甚至当电灯泡，这是慈禧太后与八国联军谈恋爱，不过是丧
权辱国罢了。

爱的谦卑，是在平等情形下的退让，甚至是在优势下的"溃
败"，她已经不合逻辑、强词夺理，这时候你知道在爱之中的
言论无须分出胜负，可以驱逐逻辑；他可以在外面受委屈，可
却偶尔会冲你发脾气——而姑娘你还是80后，从受精卵开始
就倍受呵护，这时候你知道在爱之中才会不在乎原形，正如你
在家时最不必精心打扮。

你这位"荒诞社会里一朵颓败的花"，"姣好的容貌娇好
的声音"的医生之花，自大一点，是有资格授予自己通杀权
利的，27岁了，谈了几次恋爱，有什么稀奇的？"罪恶感"
不必有，"报应说"也不符合科学判断。你的经验告诉你，人
经常会无法控制自己犯错误，这个才重要，我们自己是衡量
世界万物的尺度，知道真实的荒诞，我们才会有爱的谦卑，

我们才有可能去爱一个人，哪怕知道他曾经荒诞，将来也有荒诞的可能。

我们这样爱着身边这个"坏人"，看来谦卑，却是有福的。

祝开心。

连岳

2007年11月21日

我太傻，我太傻……

Hello，连岳：

　　在《上海壹周》上看你的专栏已经N年了，一直都扮潜水员的角色。曾经也有冲动会想要动手给你写信，但几经反复都不了了之。一是写到后面完全没了当初提笔时的情绪，零零碎碎不知道自己到底想要表达什么；一是担心写出来的文章不够聪明——我知道你喜欢聪明的女生。

　　这次决定要浮出水面，是因为看了"花朵"同学给你的信，心中一阵唏嘘，思如潮涌。

　　我也是医生。

　　不同于她，我是小医院里的小医生，有着普通的容貌、普通的声音和普通的教育背景。父母都是普通职工，连爱情，也不如她多彩——7年里，我只爱过两次。

　　我的第一次恋爱是在大一。当时傻傻地以为可以天长地久，所以也就傻傻地交出了我的第一次。这份恋情只维持了不到半年。分手的表面原因是男方跟另一个女生也在交往，其实我自己心里清楚，还有很多内在的原因，只是不愿去深挖而已。爱情既然已经亡了，也就没必要死守不放。我对自己所做的并不后悔，唯一懊恼的是浪费了很多大好的学习时间。

之后的大学生活快乐而自由。读书、考试、交友、玩乐，学生的日子过得痛苦而无忧无虑。我认识了很多新的朋友，有同性，也有异性，只是，没有男朋友。倒不是有心理障碍，只是没有遇上能够心动的。孤单，我并不怕它。

大四的时候，那个让我心跳加速的人终于出现了。我痴迷于他的幽默、他的学识、他的俊美、他的"腔调"、他的一言一笑……我甚至觉得自己对他的崇拜多于爱。只是，当时的他并不available。

我把这份爱放在心里，让它一天天发芽，一天天膨大，直到把我的心填得满满的，满得没有一丝空隙留给其他男生。虽然这只是我自导自演的一出戏，但只要想起那些我们曾经相处的日子，就会感到无比快乐。

毕业前，我没忍住。跟他说："我喜欢你。"他听后只是笑着说："你有毛病啊。"对于这个反应，我并不难过，也不意外。我只是想让他知道而已，并没有其他奢望。

此后，我们就像所有的普通朋友一样，逢

年过节时发个祝福短信，MSN上碰到时说声HELLO。仅此而已。仅此，而已。

偶然一个机会，我得知他恢复单身。虽然明知他身边一直都不缺女人，可我还是希望着什么。我探过他的口风，他对我也有喜欢，只是，只能在晚上见面，而且是在他方便的时间段。

说实话我不太喜欢这样的安排，时间上太晚了，我猜，也没有一个家长乐意看到自己的女儿深夜才回来。

终究，屏不过思念，还是见了一面。

嗯……连岳，你没猜错。我们上床了。

我知道你会在心里冷笑两声，不是吗？明摆着的事啊，老掉牙的故事了。虽然一直被你洗脑，可真的发生在自己身上，还是飞萤扑火啊。

我不后悔，一点都不。因为我爱他，是真的爱他。我只能接受跟他亲热的画面，而不是其他任何人。可我不敢去想将来，甚至连现在都不敢想。我不是他的女友，又有什么资格去想东想西？但是我希望我爱的人也是爱我的，是动真心的，甚至是可以一起讨论未来的。我多想可以正大光明地与他见面，而不用这样遮遮掩掩，撒谎吹牛。

理智告诉我：OK，可以了，既然已经有过美好的回忆，那就在这里打住吧。

　　可我的心在央求：舍得吗？真的舍得放弃吗？可能以后再也遇不到这样能够让你动心的人了呀！

　　矛盾吗？连岳，这是不是自欺欺人呢？不管你用什么样的方式，能让我清醒过来吗？

Doyoulove

Doyoulove：

　　我太傻，我太傻，我真的太傻……这是祥林嫂的生活方式。这也是你回忆大一那次恋爱时的语调。你现在这次黑夜恋情，主色调也是阴郁的"我并不难过，也不意外""我不后悔，一点都不"。在第二段恋情里，你更为柔弱，你跟一个单身男人上床，却连女友身份都没有，当你是什么？应召女吗？可能不仅你自己想不明白，连旁人也要说，你太傻，你太傻，你真的太傻……

　　爱情是我们生命中最重要的事情，没有它，就如一棵玫瑰再也不会开花，它的刺与叶都显得无所适从。按照理性的角度，我们显然应该在"爱"上从不犯傻，既然它是人生的盐，放的量我们会精确衡量，别坏了这锅汤。你看了这么久专栏，包括回忆自己的生活，发现事实好像相反，我们在爱情之中，反而更害怕使用理性，宁愿凭着直觉、习惯和偏见去寻找，陷于普遍性的犯傻。

　　你不孤单的。你听这爱情大合唱：我们太傻，我们太傻，我们真的太傻……

　　这种傻里面充满了合理性，占星术与命理八字永远都对恋爱中的男女有恐吓作用，科学发达了几百年，为什么小男女还是好这一口？故意犯傻是人类生存的某种理性选择——这话有点绕。这样说吧，如果你把一切归结于缘分，那么你以后的不幸，你自己并没有责任，而是天上的爱神没有关照你。很多孩子厌恶父母侵入自己的私生活，但是他们却依赖父母越俎代庖，以后他们的不幸，也可以永远抱怨父母。自主与理性，不仅是爱情，也是人生的唯一出路。我就是不走，哪怕结局是千篇一律的"我太傻"！为什么？因为自主与理性得作选择的压力相当于驾驶F-22战斗机，这是许多人承受不了的。

没人天生会驾驶F-22战斗机，好手也得经过训练。没人天生是个决定者，决定也得训练，我们在爱情当中的第一次决定，既生涩又百分百自主（父母与朋友不可能决定你的初恋与暗恋），这时候的决定近乎百分百是"傻傻的"——我的意思是说，你完全没有必要为自己大一时"傻傻的"恋爱与做爱而自责，事情本来就是如此，每个人在那个恋爱时刻，都是傻傻的；决定做多了，恋爱谈多了，我们才不会"傻傻的"。你大一那次"傻傻的"恋爱反而是你当时自主与理性的选择，它的结果不开心，自然是你不愿意接受的，把选择归结于傻，这会让自己好受一点，有镇痛剂的功用。但是因为这点再也不提升自己的选择能力，那就永远得呆在"我太傻"之中了。

一个男人，利用你暗恋的劣势，把你当性奴，而你还认为以后再也碰不上比他更好的男人。你看来真的很害怕决定，你怎么会怕碰不上比这种男人略好的男人呢？华南虎不好找，我们国家男人可有的是。退一步说，就算这个男人很好，少了他，也能碰上另一个很好的男人，感觉一点都不会差。麦田里找不到最大的麦穗，而麦田里找得到许多大麦穗。

请做决定，哪怕是比大一女生还傻的"傻傻的"决定。

连岳

2007年11月28日

贱与 biao 子，也要有竞争力

连岳：

你好。

这不是一封让你愉快的来信，虽然我相信大部分的来信你读来都不够愉快。

先讲事情，再请判断：

从小到大都没谈恋爱的一姑娘，大学毕业后到单位上班，认识一个男生，帅，是我从小喜欢的类型，追我之后十分之迅速结束处女之身与他做爱——必须要承认，他让我体会到了其中的愉悦——还需要指出一点的是，我认为这件事情，只要双方自愿且互有快感，就没什么吃不吃亏的事情，所以我对"处女"并不在意。

本来郎情妾意一切安好，直到某日我们在他房间抵死缠绵，突然门被打开，一个女孩，而且挺漂亮，直接冲进来骂我荡妇，让我滚出去——事情很明显了，这男人什么都好，除了花心，除了脚踏两只船。

然后就变态了，他两个都想要，我俩又好像

特别爱他，死都不想分手。期间她采取各种手段试图促使我们分手（小姑娘家的方法，请自行想象），我坚决抵制之。于是某日三人会谈，他说："你们看着办吧，我谁都放弃不了。"很神奇地，我居然能够忍受，甚至对于他在我面前跟她手牵手也不吭声。而那女孩，还在继续采取各种方法阻止我们见面之类，但是却死都不分手……于是这男人极幸福地享受这样左拥右抱的生活至今。

好了。事情叙述完毕。

基本上我这样纵容其通奸的行为，就是贱骨头……我还真的就承认自己是贱。我曾经很认真地跟那女孩谈："咱们根本不能指望这男的会跟我们中的哪个分手，能分就不用折腾这么久了。所以要么我们自己狠下心来，狠不下来，要继续跟他在一起，就接受还有另一个女人的现实。折腾做什么？折腾除了把自己弄得那么辛苦外还起什么作用吗？"从我的性质上说，我就是特别喜欢他，喜欢得特没尊严，一想到要和他分手我觉得呼吸都困难，所以宁愿作践自己，眼睁睁看他和那女孩抱一块也可以继续跟他在一起。

问题是，我整个心理有点变态。一方面，我承认自己贱，劝人家女孩想开点，你做大我做小；一方面他俩在一块的某些时候我又心情极黯淡，失望啊害怕啊什么情绪都来。问题总结下，就是：

我贱，又贱得不够彻底，想翻案，又想当婊子，又要立牌坊，有点这个腔调了。

这样就很麻烦了。时刻担忧自己会人格分裂。

但愿这个邮件不至于让你太不愉快！

制造麻烦的坏东西

制造麻烦的坏东西:

你想错了，除了垃圾广告邮件，所有邮件都让我很愉快，我不必替他人不好意思，别人的生活模式与爱情方式与我不同，这个符合世界的多元本质，更是别人的选择权。婊子也罢，贱人也罢，我都感谢她们的邮件。事实上，我也建议本专栏的读者绝不要动气，别人有权与我们不同，只要没有强迫我们与他们趋同，就没什么好生气的。这就像不少人被《色·戒》气出血来，觉得里面的爱情太反动了，这又是何苦呢?

当然我得承认，你的邮件确实让我有一丝异样的感觉，坦白地说，就是有一点生气，我嫉妒你男友那么好的运气，可能所有男性读者此时都在哀叹命运不公吧，为什么齐人有一妻一妾，还争着犯贱。而你，却只有你残损的右手?

有时候我们讨厌"邪恶"的生活，那是因为我们享受不到"邪恶"的乐趣。没有女人自己的平权运动，一夫多妻制肯定是男人最理想的婚姻。我最近还看到一则凄惨的调查报告，世界上一些女性地位最低的地方，在那里，女性没有任何机会不忠，可是那儿却是人口黑市上女性的最大买家，以满足色情业的需求——女性越没有权利，男性就越不收敛。换言之，要到达比较文明的程度，前提就是相关当事人都能充分表达意见。一个人的微观爱情，也适用这种"充分表达"原则。在此基础上达成的协议，就算不容于规训的样本，也仍然是他人不能干涉的选择。

　　在许多以豪门恩怨为题材的影视作品中，主题都比《色·戒》健康，不外乎想说明金钱与权力扭曲了人性，夫妻反目，兄弟阋墙，观众于是满足地得到了人生感悟：还是普通人的日子好呀……你看这世上男人个个梦想成为豪强，女人嘛，刘嘉玲阿姨绷紧三下巴，仍然不得不殷勤地为富商们酌酒，由此可见，多少劝善宏言其实是伪善谎言。

　　默多克与其他富有老男人一样，有多次婚姻，孩子的关系也很复杂，这是多好的豪门恩怨素材；于是有好事者拿这个去刺激默多克，估计是想让他伤感一下，没想到他的答案是：怎么可能坐等遗产呢？兄弟姐妹各逞所能，争一争，能力强的人多得一些，也是天经地义的事情。默多克成为默多克，不是没有道理呀。

　　什么好东西都是争取来的。爱情也一样，你提及的男人，在你们眼里，肯定是个"好东西"，因为你"喜欢得特没尊严，一想到要和他分手我觉得呼吸都困难"，想必不可能为了窒息死亡而跟他分手。三个人的立场都摆着，没人玩暗的，游戏规则也确认了，你愿意共享，另一个姑娘也不答应，那只能像默多克建议的那样，各逞所能，争一争了。争不过，就活该认输。往好处想一下，这次争不过，手段却是学到了，以后你的对手就有得苦头吃了。

　　祝开心。另，《孙子兵法》各大书店有售，网上也可免费下载。

连岳
2007年12月5日

肮脏之后的干净

连岳叔叔：

您好！

我一直是《上海壹周》的忠实读者，看您的专栏已经N年了，一直有想写信给您的冲动，但怕您不喜欢——我知道您一直喜欢聪明的，不给别人添麻烦的女生。之所以唤您叔叔，一是因为我一直把您当作我最仰仗的长辈，您总有办法为那些迷茫的男女指明方向；二是因为我的年龄较小，按礼貌也该唤您为叔叔。希望您不要介意。

确切地说，我的年龄并不算小，19岁，是像花朵一样绚丽灿烂的人生阶段，可是我的人生从不盛开那些美丽的花朵，包括爱情。看见许多读者的倾诉，或许骄傲，或许困惑，或许痛苦，可起码有一点，他们曾经相爱过，起码还有爱的权利。我知道，人生中，每一个人都要历经挫折，苦难，学会成长。15岁那年，我寄宿在亲戚家，某一个夜晚，我失去了女孩子最重要的东西。

家人小心翼翼地安抚着，掩盖着，天真地以

为时间会带走苦难。我知道，连岳叔叔也会说，一切都会过去的吧！我知道，一直都知道。我的第一次恋爱是在初二，是年轻的美术老师，像少女怀春一样，心里偷偷地仰慕着，欢喜着，忧愁着，迷茫着……一直维持了两年，从未考虑过告白，因为我知道这不符合道德规范，也明白，我这样的女子是如何也配不起他的，等到他走进了礼堂，挽起了新娘，收拾起心情和回忆，离开了那个伤心地。

其后的学生生活快乐而孤单。读书，考试，交友，享受生活。也遇到过很多的异性朋友，还未牵手，便逃开了，或是普通容貌普通家境，不能够吸引眼球。逐渐便有了伤感，我习惯了孤单，同时又惧怕孤单。

高一的时候，那个让我心动的人终于出现了。我沦陷了，又是两年，痴迷，又怕拒绝，亦步亦趋地跟随他，默默地爱，就像do you love一样在毕业前没有忍住，被直接地拒绝了。我就是一个得不到爱的小孩，越是得不到越是不停地乞讨。于是我放弃了，我开始和各式各样的人恋爱，老外，网友，混混，理发师，学生干部……走马灯地交替着，活像一个离不开男人的bitch。

可是我发现，越相处越无法相爱，懂得不爱他们。寻寻觅觅，找寻着精神与思想的情侣，有许多相同的观点，一个眼神，可以交流，举手投足，便能领会，相互鼓励，相互支持——乌托邦的爱情。可是，没有，我这样的女孩大概是被遗忘的吧。逐渐敏感，逐渐怕伤害，害怕抚摸，拒绝拥抱，恐惧接吻，排斥一切肉体上的触碰，即使连牵手也会让我颤抖不已。

连岳叔叔，嗯，我讨厌这个肮脏的世界，讨厌这个世界里所有的肉体，我渴望超越，渴望纯洁，可偏偏我又是最肮脏的，是不是好矛盾啊？我的爱人们，他们的嘴里高喊着为爱而亡，可是映入眼里的都是赤裸裸的肌肤，心里充斥着情欲，我讨厌所有肮脏的人，包括我自己，不是也很肮脏的吗？

叔叔，我这样的人还会有所谓的幸福吗？

莫心

莫心：

我要恭维你，你对世界的看法跟许多大哲相似，他们都是"我讨厌这个肮脏的世界，讨厌这个世界里所有的肉体，我渴望超越，渴望纯洁，可偏偏我又是最肮脏的"，是不是好矛盾啊？你放眼一看，世界离开了矛盾就成立不了。

在许多宗教典籍里，好像出于恶作剧似的，将荣耀给了原本站在洼地里的人，他们原本习惯低着头，从来不敢与人眼光对视，自动将自己放逐到人类的属性之外，仿佛自己只是兽类，他们是小偷、强盗、妓女。

但是最后，他们早于任何人进入天堂。虽然各种宗教互相攻击，声称自己才是唯一，但是这种写法却是相同的。这是为什么呢？肯定不是为了文字游戏的快感，他们是想说明这个世界的本质，它是肮脏的，那些肉体，那些欲望，那些自以为高明的骗术，那些难以抗拒的本能，它们和水、牛奶、面包，永远和我们在一起。它们甚至也有水、牛奶与面包的营养特征。

在福音书里，耶稣向门徒预告自己要被出卖，他最忠实的门徒彼得说，谁都会背叛你，就我最忠诚，耶稣好像赌气一样说，你在鸡叫之前，必定会三次假装不认识我！作为有史以来最牛的预报员（至少圣经里是这样写的，可惜现在没一个股评家有他的本事），事情果然就这样发生了。故事的主题就是，你实在是不能逃避你本质里的肮脏。

虽然各种宗教彼此否认，用罗素的话来说，这看来像互相证伪，大家都没有好处。但是不得不说，他们的故事有时对人性还是把握得很到位，没有对人性弱点的拿捏，怎么能有信徒呢? 爱情也需要对人性的了解。所以多了解真实的人性，才会有爱情。

曾经有位自由主义大师说，那些喜欢色情小说的人，往往更理解自由的定义。色情小说一般会禁，喜欢它的人在道德上也处于劣势。只有到了承认人有选择的权利（当然包括选择别人都瞧不起的文学作品）之时，这个喜欢色情小说的人才有可能尽兴读到色情小说，他因此不至于反对其他人的其他选择权——那些选择看起来都比他高尚呢。

绝对一点说，我们了解了自己的"肮脏"，才更好地理解幸福。你与那些不爱的男人在一起，你的身体反应是"害怕抚摸，拒绝拥抱，恐惧接吻，排斥一切肉体上的触碰，即使连牵手也会让我颤抖不已"——这些症状，可能要等那个爱你的人来治了，而且他一定治得好。

宽容与爱，最重要的两个本质，是建立在了解人性"肮脏"的基础上的，你知道人这么可怜，这么无助，囚禁在肮脏的牢笼里，你才会真的原谅，才会知道在这个世界上，在这些人群当中，那个干净的人，自己干净的时光，是多么值得追求的事情。

祝开心。

连岳

2007年12月19日

真正孝顺的人，
要有勇气制止父母的错误

Xiao 发送 2007-12-2 10:43:

我最最亲爱的宝贝，给你写这封信的时候，我已经不知道哭过多少次了。周六不能领证了，我害怕我的父母，害怕我们会不幸福。我舍不得分手，我们做一辈子的情人吧。

我的父母是绝对不会同意的，他们甚至愿意不惜一切代价反对。你不知道，为了我们的事，我是怎么跟我父母吵架的。他们对你的误解太深了，我要替你说话，所以就吵起来。每次都是三个人气得浑身发抖，什么难听的话、脏话都说了。甚至有几次还动了手。我不能看着他们这样说你，就也跟他们动手。这就是为什么每次不及时回你短信，都是在和他们吵架。

他们坚决不肯让你进门，我的好事不会想到你，有一点不好就要赖你。甚至要用生命来破坏我们。我的爷爷奶奶都经受不起，他们亲眼看见过我和父母吵架，他们没有想到我吵架的时候是那么凶狠，气得他们也生病。

连岳：

早上来上班的时候看到自己爱了11年的男友在MSN上的留言。几乎是没有考虑就发给了你。很抱歉，忘了今天是平安夜。过了一天，下午还开了一个蛮开心的广告讨论会。这时才发现自己或许真的是一个粗枝大叶的人。本来是想寻求一个答案的。但是仔细想想，自己都解决不了的问题，别人怎么能够解决？

关于我自己，我只能说是一个普通的人，经济独立，并且可以赡养父母；真心对待身边的每一个人，好朋友也不少；性格还算开朗，即使刚刚难过地哭过，可是遇到开心的事情还是会傻笑。我只是不能理解他的母亲，为什么会这么讨厌我。后来才知道，她帮我算过卦，说我和他八字不合，会给他带来血光之灾。所以只要是他遇到一点问题，都会说是因为我的存在。

而他，对于我来说，就像是世界中自己的另一半。11年，从19岁到30岁。即使这样，我也对他说过，其实我们要比很多人幸福。有多少人可以遇到自己真爱的人呢？我在坚持，可是他坚持不了了。我们曾经想过偷偷领证。我们做了很多的准备。3月，他为我买了婚纱；4月，我们拍了婚纱照；就在上周他送给我钻戒。有时候我真的觉得自己已经结过一次婚。可是我们不能。他不敢。他怕伤害我们中的任何一个人。很长的一段时间，我们在一起假装很开心。我怕他压力大，不提及婚事。他为了我开心，强装笑颜。可是我们不愿分开，想到分开就像分离自己一样。即使不能在一起，但是还是相爱的。每天看到一条短信也会开心。想到他在想我，还在爱我就感到希望。可是终于忍不住问他，看到他没有主张的样子就生气。有时候实在忍不住就给他发信息：宝贝，想想办法。他也总是回我：会有办法的，不着急。

如果只是这样就算了。我可以承担。但是我也有父母。他们很生气，觉得他一直在拖着我，30岁，对于一个女人来说的确不小了。而且我的家境并不好。我和姐姐一直考虑给父母买房子。可是我出不起自己那一份。他们都说如果我想找，他们肯定会帮我介绍一个事业有成的人。我真想和他们说，你们看吧，如果觉得我值20万，就把我卖了好了。可是，我不能无视父母的处境。即使他们不要求买房子，我的婚事也是他们现在最大的心事。

三月

三月：

好像近来有些人在鼓噪，要把"风水、八字"之类的玩艺申请世界文化遗产，看了你的故事，就知道这种想法多么可笑，如果联合国那么愚蠢，真的搞成了，可能世上就少了许多美满姻缘。

我们的传统中有许多好东西，比如豆腐，比如王维的诗歌，我们的传统中也有许多东西不是东西，比如八字，比如风水——它们吉兆往往不兑现，凶兆却立竿见影，像你们所谓的"八字不合，血光之灾"，还没结婚呢，他们家三口人已经动手了，因迷信而发生的暴力进一步验证了迷信的"神圣"。

要求每个人都很理性，相信科学，在我们这个国家，目前为止还难了一些。有些好人，也被怪力乱神吓得六魂无主，他们的日子怎么过下去？此例可以借鉴：我有个爱狗的朋友，刚死一只小狗，她于是又养了一只，取了同样的名字，事情也就这么结了，新的小狗得到双倍的宠爱，而她的悲伤也可转移，可是一个好事的法师却对她说，那只死狗的亡灵不散，要请他念个咒安魂驱鬼。她从此心神不宁，问我怎么办，当然我没用科学理论证明，在中国，一只狗死了，要么腐烂成泥，要么变成红烧狗肉（清蒸亦可，烹饪诸法，过于繁复，恕不一一列举），我的建议是，那就给点钱让那个法师诵诵经吧，你放心，他赚钱——这点成本是脑子糊涂必须付出的代价。

你一定要知道，风水不是让你家出皇帝的，而是让风水"大师"赚钱的；命理八字为什么经常为难你？这样你才会跟算命先生求解（当然要掏点钱）。借力打力，以其人之道还治其人之身，这也不是多难的战略战术。他们说你"八字不合，血光之灾"，你们就花多点钱找个更能胡扯的，说你们"天作之合"，甚至不跟你结婚，他们家就有"血光之灾"。蠢人是最好对付的，因为他们害怕的东西很明确，容易恐吓。

最后说一点正经的，送给你的男友。"孝"虽然是人类共有的情感，但中国人硬要说成是自己的传统，这个传统需要度的把握，合理的孝是好事，子女当然应该赡养父母，但愚孝就变成了坏事——二十四孝基本上都是愚孝。强势的传统观点认为父母没人代替，而女人多得是，所以应该完全让父母决定孩子的婚姻。我的看法恰恰相反，父母的祝福收下，他们不合理的干涉则可以完全不睬，不要怕他们威胁，因为父母没人代替，暂时得罪了他们，他们也不可能去当别人的父母——真有别人替你养老送终，那也不是什么坏事吧？——还有大把时间用来修复关系；而爱我们的女人，只有那么一个，却不是非你不嫁，伤了她的心，她走了，就会爱上另一个男人（你并非那么不可替代，尤其是本次邮件的男主人公），你就再也没有爱情了。你以后的不幸生活会打击你的父母，这才是大大的不孝，一个真正孝顺的人，要有勇气制止父母的错误不让其放大，以免父母将来无地自容，羞愧难当。

祝开心。

连岳

2008年1月3日

每个人都有天使的翅膀，
可惜上面绑着阴冷的铅块

连岳：

我跟我男朋友是大学同学，我们从大一就开始谈恋爱，到现在都分别步入社会，恋爱5年左右了。中间分分合合，由最初的我追他，慢慢地互相了解，到他认同我、喜欢我、爱我，说真的，我们能一起走到现在真的不容易。我应该好好珍惜，更何况双方父母都已经见了面，都已经开始设想我们1年后的婚庆了。可是,我不知道为什么，现在的我想退出了。

可能我和别的女孩不一样的地方是，我有皮肤病，而且很厉害。夏天的时候看着别的女孩子穿裙子，穿漂亮的短袖，而我，只能穿长衣长裤；冬天，天气冷了，我的皮肤就会更加的瘙痒。也正是因为如此，我的男朋友曾经拒绝过我，嫌弃我。但是后来，或许是因为两个人还是有一些孤独，也或许还是忘不了曾经的感情，还是走到了一起。这一次的结合，更加使我珍惜这段感情，但是不可否认的是，曾有的伤害还是给我留下了些许阴影。更何况，或许是跟我的家庭有关，我对婚姻有一些恐惧。我的父母曾经闹过离婚，为了一个女人，而且这个女人打扰了我家整整9年，从我3岁，一直到我上初中。而父母还是为了给我一个完整的家，最终还是没有离婚。

所以，我很害怕失去。我很害怕万一跟他结婚了，他有了婚外恋怎么办？万一他不爱我了，不再关心我了怎么办？

现在，我一直有过不想跟他在一起的打算。或许是跟母亲有关？或许是我自己不再爱他？其实我的男朋友学习一直不好，属于那种不愿意学习的，最后上大学还是托人找关系进去的。我现在越来越发现我很在乎他的学识不好，我怕我跟他没有共同语言，我也恍惚觉得我的母亲看不上他——即使我的母亲现在一直说她接受他了，越来越喜欢他了，但是我还是隐约能够感觉得到母亲还是有些瞧不起他的。他的工作是他的父亲帮他找的，还有一点我忘了说了，那就是，他比我大3岁，他现在已经27了，但是仍然没有任何作为，工资也很少——我知道我现在开始有点务实，虽然我总觉得在我眼里金钱不重要，爱情更重要，但是现在的我还是开始被房子、车子等所困扰，我越来越需要他们了。但他给不了我。他攒钱为我买手机，我很感动，他是按揭买的，为我买衣服，买皮包……我都很感动，但是现在，我就是对他越来越没有感觉了，我甚至不想跟他做那种事情。

我曾经一度认为，跟他好就算是为了报答他吧。前面我也说过我有皮肤病，后来当我们两个正式好的时候，是他的爸爸帮我找了一位中医，帮我看病，现在看了快一年了，真的很有疗效，好了很多。我曾经想，跟他好就算是谢谢他家帮我看病了吧。

可是现在，我还是不愿意就这么下去。

当我上了班，步入了社会，周围的男孩越来越多了，当然其中也有那么一两个是我喜欢的类型。我也像没有恋爱过的小女孩一样，又一次地幻想自己心中的白马王子，也曾经很多次默默地祈祷，希望我能够跟XXX走到一起，成为恋人。

我现在脑子很乱，我不知道我需要的是什么。妈妈说，他对你好就行了，更何况你们已经做过那种事情了，跟他在一起才能够正常地发展。

有病

有病:

16世纪，日内瓦的医生马泰说了一段话。我非常喜欢，看见没病的自大狂，我也推荐一下，看见有病的自卑狂，我也推荐一下，然后还时时念给自己听。具体内容是这样的：

"如果你们聪明又有教养，你们不要以此来炫耀；一件小事就足以扰乱甚至毁灭你们引以为荣的所谓智慧；一个意外事件，一次突然而猛烈的情绪波动就会一下子把一个最理智、最聪明的人变成一个语无伦次的白痴。"

马泰医生可能看多了人在病痛状态下的癫狂与无助，才得出这滋味复杂的判断：既像是怜悯人类脆弱的命运，又像在鄙夷这群所谓的高等动物是何等的虚伪。

类似于病痛的打击——即一个意外事件，一次突然又猛烈的情绪波动——对了解自己与他人的人性是大有帮助的，在你像一个病毒那么危险且孤独之时，那些依然在你身边的人，才是你值得爱的人。这些黑暗的力量也是一个人前行的动力之一。

从这个角度来看，我们得接受命运安排我们经历的不那么快乐的生活，它让你像一个冒险的矿工一样在地下茫然地挖掘，你回到地面后，才知道人的正常生活。就像适度的嫉妒引发的竞争、微量的自大带来的自信、些许自卑能让你谦卑，而生一点病，文学青年认为可以顺势写诗，在爱情领域内，则有利于你发现真爱的那个人。

你皮肤的瘙痒让你主动追他，在这过程中遭受了"拒绝"与"嫌弃"也不放弃，从你的叙述来看，也得到了一个不错的男人，虽然27岁了，没有作为，工作也是爸爸找的——在我看来，这些不是缺点。27岁的、自己找工作的、大有作为的男人是有，不过他们是少数，估计对你也没什么兴趣——一个穷男人，能按揭买手机送你，给你买包买衣服，千方百计为你治病，如果是他在追你，这么做也不稀奇，难能可贵的是，他曾经并不在乎你，这可能足够证明他现在是多么怜惜你，他甚至像中国传统的女婿一样，让丈母娘越看越喜欢。

这难道不得感谢你的皮肤瘙痒症吗？它让你看清楚了你爱的男人，当你得到他之后，病就治好了。这都奇妙得像浪漫剧了，爱情让一个女人痊愈，让她重新可以穿裙子了。

不幸的是，每当真实的浪漫把人往美好里领的时候，人性的丑陋又让我们往下坠落，每个人都有天使的翅膀，可惜上面绑着阴冷的铅块，我们飞不起来。当你病好了之后（也许你已经穿上了裙子？），就"又一次地幻想自己心中的白马王子"，"曾经很多次默默地祈祷，希望我能够跟XXX走到一起，成为恋人"。当然，这是你的权利，自杀都是一个人的权利，更别说换个男人了；和他做过"那种事"（你是指性交吧？）也不是什么障碍。

　　我只是觉得可惜，一个平庸的女人会浪费多么难得的际遇，即使天使唱歌给她听，她还是更爱K那首流俗的歌曲。

　　祝开心。

连岳

2008年1月9日

无论男女，早早向美女投降！

连岳：

　　我妒忌，我妒忌，我就想这样大喊，今天晚上又看见他们两个人吃夜宵回来，我要疯了，每次都这样。他们两个一起宵夜，一起玩，一起互说心事。他的心事只和她一个人说，她是他的红颜知己，可我呢？我是什么？我什么都不是。一个被玩完了就丢了的玩具。

　　他有女朋友，一个交往3年的女孩子，一个会和他共度一生的人，他们一定会结婚，也一定会幸福。

　　红颜知己应该也会很幸福，她是一个很独立的女孩子，虽然外表看起来小小的，柔柔弱弱的，让人看起来就想保护，但是她内心极其坚强，远远胜过我这个看起来坚强独立的大女孩。据说她从小就只喜欢和男生玩，有几个很铁的哥们。班上的男生也都挺喜欢她，连逛街也拉上她一个女生。我妒忌她，真的，妒忌她可以穿小短裙，斜背个包，大眼睛惹人疼爱，妒忌她的大胸，妒忌她和男生关系那么好，妒忌他有什么心事只和她讲……

他是我喜欢的那类型男生，是心里喜欢的，喜欢他的样子，高高大大，又帅气，像张东健，喜欢他臭臭的脾气，喜欢他身上的味道，喜欢他粗狂还有一丝忧郁的气质，喜欢他的一切一切，虽然知道他不适合做我老公，我的性格不适合做他女朋友，虽然知道和他能扯上关系的女人多的是，虽然知道他不是真喜欢我，我知道，我都知道，但是没用，我还是这样爱上了他，所有的都给他了，抛弃了我的底线，我的原则，我的尊严，就是想要他，想要他的拥抱，他的吻，他的爱抚，他的温柔……

我贱，我真的贱，稀里糊涂就把自己给了他，还以为自己是胜利者，以为这样就能战胜红颜知己，以为自己能不在乎，到最后还是失望，自己已经不是处女了，觉得自己以后都不会幸福了，因为我失去了我最宝贵的东西，给了一个混蛋，一个自己编造出来的虚无，而且不但一无所获，还深深地陷入其中。一次又一次违背自己的原则和抛弃尊严，只为了他一个没有感情的吻，一次泄欲式的ML，因为没有经验，我只是觉得痛，没有其他感觉，而且没有流血，没有性爱的享受。即使这样，我还想要，真是贱呀！

有时候他的一些举动也会让我觉得也许他对我是有感情的，但是是那么微弱的信号，也许只是他一时的心情好。

连岳，我该怎么办？我看你的专栏已经好多年了，从大学到研究生，六七年了，这是我一直以来都看"壹周"的原因，很多东西都已经内化为我的行为准则，可是今天我还是问出了这样的问题，不知道你会不会失望。

一个研究生，一个大家都觉得是女强人的人，其实只有自己知道自己多么脆弱，外面有多坚强，内心就有多脆弱，感情生活一直不是很顺，有点完美主义，希望有人全身心地呵护，现实总是不尽人意，不知道是不是要求太高，总在爱我的人我不爱，我爱的人不爱我中间煎熬，道理好像都懂，就是做不到，连岳，救救我吧，哪怕只有几个字！不能和任何人说，只有你，只有你，救救我吧！

忏悔

忏悔:

　　有的孩子因为嫉妒更为漂亮受宠的同伴，会气得大哭，甚至成把成把揪下自己的头发——这说明嫉妒是一种本能，同时也直接证明了"嫉妒公理"：嫉妒只会把自己弄得更丑，使对手看起来更动人。你看，嫉妒是这么不经济的事情，所以许多人理智成熟以后，嫉妒心便会放下。嫉妒这种东西，你藏在心里，不打击对方，会让自己时时心绞痛；而你自以为高明地贬低她，除了自己不知道，旁人都听得出你的醋意。不要尝试得体地、不留痕迹地发泄自己的嫉妒，你有这本事，就不需要嫉妒别人了。

　　即使你大喊，"我嫉妒，我嫉妒"，有别于传统嫉妒的内秀，可能还是一样的难受吧？人就是这样，你一定会碰上比自己强的人，如果你是男人，这个天生负责打击你的人就比你有钱、比你帅气、比你更有学问、血统比你高贵、诗歌比你轻灵、逻辑比你严密、知道你在嫉妒他他还分外宽容你，在洗手间，你用余光一瞥，在心里像只垂死的野兽一样发出哀号：就是JJ，他都比你长十厘米！

　　你这个女人，很不幸碰上一个完全胜过你的女人，外表柔弱（这多女人味）、内心坚强（这又多么现代感）、似乎长得漂亮胸又大——凭最后两点她就可以夺走你暗恋的男人了。女人的胸可以人工做大（男人的短处相比较而言就没有出路），但是还是赢不了天然的波涛吧?

没办法,没办法,碰上这样的人,就只能认输,今年是奥运年,我们得有点奥林匹克精神,正像选手们碰上"更快、更高、更强"的,只能去恭喜对手;一个姑娘不幸遇上另一个"更美、更柔、更大"的姑娘,就算没必要贱到去送花,也只能悻悻然退去寻找自己的生存空间吧?

接受残酷的现实是我们幸福生活的前提之一,姿色、智力这些东西,确实是生而不平等的,腿脚不好的,怎么练,也跑不过刘翔;你只有一米八,心再诚,火箭队也不会签你当中锋,让姚明当你的替补。我们其实都挺爱自己的,不然你怎么老照镜子?老在自拍?就是说父母给的再不济,你也还是会接受——它反而最能安慰自己,因为努力改变不了嘛。

不仅是男人,一般女人,也应该早早向美女投降,何必跟自己过不去呢?除了这点,你还得知道用"献身"、性爱来留住男人的做法,不仅老土,还相当无效。可能你不同意,你拿出了《中华人民共和国刑法》,指一条给我看"凡一女公民,初夜献给某一男公民,此男公民则有义务与此女公民白头到老、爱河永浴;若有违反,处阉刑,割下之物喂狗。"你倒是希望有这样的刑法,可惜全国人民不答应。事实上,根据物理学上的牛顿三大定律之二"性欲与熟悉程度成反比",你越献身,他离开的速度就越快。

分明知道不合适，也没有未来，那去找爱你的人吧，刚离开时当然会有不甘，不过找到爱人之后，你会发现，那才是爱情的滋味，其中甘甜，哪里是嫉妒可以比拟的。

祝开心。

连岳

2008年1月16日

只有通过女人的心底，
才能到达她的其他地方

亲爱的连岳：

我，作为第一批"90后"，今年已经正式成年了。

我想说的是我的男朋友，我们在同一个班。

就在一个月前，我们像所有正在交往的情侣们一样，一起吃饭，一起打电动，一起去冷饮厅。就是在冷饮厅里，他像牵起女朋友的手一样的牵起我的手。我想他明白我的心思，我不喜欢玩暧昧，所以我跟他挑明了。他很拽地说：接受。然后我们就在一起了。开始正式地交往。

我承认我从开始到现在，以及未知的未来，我都一直喜欢他，爱他（这不是荷尔蒙分泌旺盛的结果，是我想过很多次的结果）。随着我们交往的开始，他也深深喜欢上了我，或者深爱着我。具体表现为：只要一有机会，一有空，他都会深深地吻我，然后紧紧地抱住我，像是把我揉进他的怀里一样。他说，我的可爱让他有些不知所措。他真的好喜欢我（不到一个月的时间，我们就吻了20多遍）。

往下就是他希望我认真一些。因为他不想玩，也玩够了（他的第一个女朋友也是他的初恋，在他心里留下了一道疤）。他和《东京爱情故事》里的男主角一样，也是以结婚为目的而进行交往的。我说我也一样（现在谈这个还太早）。他希望我认真一些是因为他第二次吻我的时候我躲开了（第一次吻我我还没反应过来怎么回事），他用手抚摸我的咪咪被我用手拿开了。他认为我是在演戏（天呐！），我当然不是在演戏，我是无辜的。

我是一个思想上很正统的人。在他以前，我与一切雄性都保持距离。现在也只与他走得近。亲爱的连岳，就在几天前，他微笑着问我什么时候把自己给他。开始我没听懂。后来懂了，他是要我与他做一次爱！我说，我想保留处女之身直到新婚之夜。他说，他现在想要我是因为他害怕我跑掉，想用这种方式牢牢拴住我。因为他根本不敢想象失去我以后的日子，他要我牢牢留在他身边。我说，我现在就牢牢跟着你了，你根本不用担心。做过以后会怎么样呢？他说，做过以后我们的关系就会更紧密，那时候就是谁也离不开谁了（他告诉我说，是因为张爱玲《色·戒》里的一句名言：通往一个女人的心底的道路是阴道）。我说我们现在就是谁也离不开谁（张爱玲真他妈的胡说八道）！他说这是过来人的经验。可是，如果我给过他之后他又不要我了怎么办，现在说什么都是甜言蜜语，我居然又很相信。我说没时间。他说不用太久，20分钟就够了。我说我怕有了第一次之后会有第二次。他说，有第二次又怎样，我又不会让你怀孕（他曾问我怕不怕怀孕，我说怕，怕死了），然后他很正经地问我：你到底给还是不给？我说给，放了寒假就给你。他说好，到时候你可别说话不算话。

亲爱的连岳，我确实不想给他，我决不允许自己有这种不道德的行为（婚前性交）。可是，如果我不给他，他又会有点小生气。给了他自己又非常不情愿。怎么办？怎么办？怎么办？我真的很爱他，我与他一样都不敢想象失去对方以后的日子。

我们已经用上半身亲密接触过，他有两次吻我的时候把手伸进了我的内裤，但只碰到了我的PP的后面，被我挣开了。他就这么想要我。他说他太想占有我了。连岳，两个人感情好就一定要用这种方式表达出来吗？

热锅蚂蚁

亲爱的热锅蚂蚁：

看来从我离开高中以后，唯一没变的就是性教育依然空白，性知识与纯洁度成反比的荒唐教育理论强大至今。性一定会出现在我们生活中，它始终不出现反而是出恐怖的悲剧。

性很简单，对于成年人，它得符合这六个字"安全、自主、相爱"——我的老读者可能会怪我偷懒，这六个字是我六年前说的，少安毋躁，知识就是60岁后也还是一样的。希望亲爱的蚂蚁，对照一下这六个字，如果都达到了，那么这样的成年人的性爱就不至于留下太多的遗憾。

有时候不相爱的人也会发生性关系，那这时要做到"安全、自主"四个字。

如果世界冷酷到只能让你持有两个字，那么保有"安全"吧。

学校若不给孩子性知识，至少这一代父母要想办法传授他们一些性常识，不要一过18岁生日，面临合法的性爱可能时，茫然不知所措，只能将自己交给命运和情感专栏作家——当然，碰上我算是运气不错的。

没有科学知识，孩子就只能从色情作品或文艺作品中学习性——这基本上是缘木求鱼。创作与科学隶属不同体系。你把《西游记》里关于猪八戒的全部篇章背诵下来，也学不会养猪。

没有性常识的人去看文艺作品里的性爱情节，那是很危险的，轻则容易对身边人的物理特征有不切实际的幻想，重则一生走入难以逃脱的误区。正如许多人一味模仿张爱玲一样，明明现实中幸福到种豆得瓜，写一点东西出来却阴郁、绝望、哭哭啼啼。没有张爱玲的悲伤却硬要尝一尝张式砒霜，那只能等毒发身亡了。张爱玲《色·戒》里那句"通往一个女人的心底的道路是阴道"，不知要骗多少懵懂的文学女青年宽衣解带，等着男人从阴道走到她的心底，可惜的是，男人往往只喜欢阴道的风景，再说了，从阴道到心，还有那么长的距离，男人哪里够得着呢？

当然，性不是肮脏的事情，恋爱中的男孩想尽办法亲你，抚摸你，尝试说服你跟他上床，是自然而然的反应，尤其是他刚处于人生中对性爱最好奇、力比多最旺盛的季节，他会记得一切有利于他的流行语；他会呈现出爆炸前的可怕情景，像个吹胀的气球——安啦，他没事的，其中百分之九十都是表演成分，男孩在这时的演技，一点不输给梁朝伟影帝。

你的判断很对，单把张爱玲的一句话抽离出来说，可能就是"他妈的胡说八道"（这点也适用任何一个作家），真正爱你的男人，你也真正爱的男人，他最后一定会抵达你的阴道，我不知道你现在的小男友是不是这个男人，也不知道他什么时候会出现，但是请记住：在爱情里，一个男人只有通过一个女人的心底才能到达她的阴道，这是唯一的道路。

没有一个爱你的人会强迫你，威胁你。你还没准备好，你还不愿意，这性爱就还不能发生，这美好的事情必须以你为主。

祝开心。

连岳

2008年1月23日

丝袜战争

连岳：

　　我和老公同时给你写信，希望得到你的"良方"。

　　最近一次朋友聚会，返家的途中他在开车，我拿着手机，很无聊地翻了一下，"好奇害死猫"，我的好奇打开了潘多拉盒子，短信中他跟另外一个女的互称亲爱的，还告诉自己的单位，让这个女人来找他；还有开房以及送内衣给她的一些内容；可想而知，我的心情跌入了谷底，当时我让他停车，并且用他的手机拨通了这个女人的电话，他看到后突然挂掉，我问他，这是谁，他说是普通朋友；我狠狠地打了他一个巴掌，他没说话。我打算告诉婆婆，他就猛踩油门，开始飙车，说实话，我一点都不怕，倒希望就这样死掉，不想面对这个现实。他解释说这个女的是在色情网站上认识的，比我老比我丑，就是说话很开放，让他觉得很刺激；一个月内他们约会了四次，但他有原则，绝对没有发生关系。

　　他苦苦地哀求我不要放弃他，他没做对不起我的事，他愿意过户全部的财产到我名下，只为保住婚姻，他企图自杀来示清白……

Grace

一

连岳：

　　和妻的相识是在一个偶然的大型展览上，在五年的爱情长跑中我们尽情地享受着爱的欢乐、性的愉悦，并彼此深爱对方，最终建立了自己的家庭。

　　不得不说一下我的性癖，丝袜。这也是我最喜欢送妻的礼物，因为妻的腿穿上它后非常漂亮，能让我产生强烈的性冲动。但也是它让我们产生了似乎是无法逾越的鸿沟。在和妻刚开始认识的时候，我还没有表现出对丝袜的特别的爱好，彼此渐渐地熟悉之后，我也表达了希望她能经常穿丝袜的想法，并希望她能在性爱的时候穿着丝袜，这样能让我更兴奋，但是妻却拒绝了我的这种要求，这让我感到非常难过，慢慢地随着这个矛盾的日益尖锐，我们的性爱次数也开始减少，为此吵架的次数却逐渐增加，她认为我是心理变态，我则认为她是不懂情趣。由于性爱次数减少我开始通过手淫来满足自己生理需要，从偶尔为之到边看A片边手淫，这些妻也都知道。

很偶然的一个机会我从某个情色聊天网站上认识了一个很喜欢穿丝袜和高跟鞋的女性，算是"王八绿豆，对上眼了"，通过网络我和这个有相同爱好的异性开始聊天，聊的内容几乎围绕着女装、内衣、丝袜、高跟鞋这些内容展开，有时在聊天中还谈到了有关丝袜癖的话题，她跟妻的反应正好完全相反，通过这个话题反而打开了话匣子，经过一番攀谈居然发现和我身处同一个城市，于是我背着妻和她见了几次面，现实中和虚拟世界的她判若两人，东拉西扯地说点市井琐事就OVER了，但一回到虚拟世界我们又能侃侃而谈，还从丝袜展开到性的话题，虽然屏幕对方并不知道但一些话题确实让我很亢奋，在谈论这些话题时我手淫了，就这样玩起了意淫。

我想去正视这段不光彩的事实，但又不想失去妻，我爱我的老婆，不想失去她。谢谢。

Thomas

贤伉俪：

在我的朋友张晓舟的文章里看到一则故事，相当好，我引用一下：

"我一哥们的老婆，发现13岁的儿子在网上看毛片，马上向老公血泪控诉：'瞧你养的儿子，他专挑那些胸大的看。'这哥们劝孩子他妈：'你不能要求他尽挑平胸看吧？'他劝老婆装不知道，不管，理由是：'这总比他去偷看女厕所强吧。'"

当然得事先声明一下，我不赞同未成年人看成人作品，就像反对他们抽烟喝酒一样。我举上述例子的意思是，事情既然发生了，就看它积极的一面吧。说句题外话，我们都长大过，知道看了不该看的（该死的，好像一代一代人，就是原来资讯那么贫瘠，也都可以看到不该看的），师长的训斥并不能像delete键一样，删出一片纯真，反而让那些信息更深地烙住——因为潜意识里知道它是稀缺的。

性这种东西，熟了，来了，就挡不住了，只要不为了满足自己的欲望去侵害他人，其余都在可以接受的范畴，从这个角度看，上文里父亲的判断是对的：去女厕偷窥，是侵害他人，危害性大，而在网上看点成人作品，危害性小，两害相权取其轻。

性属激情，但它从一开始，主人就是理性。非理性对待性，并不能把性转化成理性，只能让它变成破坏性。

夫妻间的性爱，我觉得只要双方同意，不存在下流与上流的问题，在性爱过程中读一本高雅的文艺书，那样才荒唐。
有的夫妻喜欢SM，有的喜欢扮演游戏，有的喜欢制造新花样，
这跟他们爱吃什么菜，追捧什么连续剧一样，都是生活的一部
分，完全可以接受的。

Grace，我图穷匕见了，如果他看你穿着丝袜就性趣大发，
这只能说是他的癖好，不是心理变态。而且这是一个你可以做
到的小小要求。一个男人喜欢斯嘉丽·约翰逊，以及像她一样
的美女，这不是变态吧？在性爱中，他觉得你不如斯嘉丽漂亮，
胸也不如她大——这些都是无论如何努力也做不到的——他因
此不尽义务，这反而是变态。

如果你觉得我有为男人说话的嫌疑，那么，为了公平起见，
你也可以要求他在性爱中穿双丝袜。

再退一步说，在性爱中穿丝袜让你觉得不那么愿意——若
视之为一种损失，那么，这个损失与丈夫看着A片自慰的损失
比，与他去找另一个丝袜女人意淫的损失比，不是小很多吗？
在丝袜上绝不退让，这不就像是愚蠢的父母把自己的儿子逼到
女厕所去一样吗？潜伏在女厕还是高难度，要看个丝袜女人，
还有比这个更容易的事吗？

你们都珍惜自己的感情与婚姻，不忍失去它，有过错的丈
夫甚至愿意用死自证清白，这么难的事情都做了，却输给了一
双丝袜，还好没死成，不然多了一个冤魂；还好你们现在没散，
不然可惜了一对夫妻。

性是两个人的游戏，小孩过家家都还借助石头树枝，成年人用双丝袜，我想也不过分吧？红酒、性感内衣与烛光在道德品质上并不高过丝袜，有利于两个人快乐最大化的行为，就是有利于婚姻的。

祝开心。

连岳

2008年1月30日

再而，你好命苦呀

连岳：

我和我男朋友恋爱有两年了，现在已经到了谈婚论嫁的年龄了，可我现在不知道要不要和他结婚？怎么说呢，他是家里的独子，没有什么生活忧患观，做事情不紧不慢，而我是个急性子，按说，应该是互补型，可他做了太多伤害我的事情，我毕业也有两年了，我也和他生活在一起一年多了，我为了他做了两个孩子……这两次惨痛的血的教训，给我的心里留下了阴影，一想到那两个还未出世的孩子，我都会哭……

一开始我就问他要是我们不小心有了孩子怎么办？他很坚定地回答："生下来啊……"可真有的时候，他临阵退缩了……第一个因为刚毕业半年，我也还没见过他的父母，也就忍痛割舍了，但那段时间我疯狂地恨他，我很想要那个孩子，母性是女人的天性，可他的不坚定让我退缩了……

有了一次惨痛的教训我以为不会再发生同样的错误了，可偏偏悲剧又重演了，而这次我们也是打算要的，因为我们彼此见了双方的父母，我让他回家和他父母说这件事情，可我等了好多天之后他不给我音信，这种情况下，等一天就是对我一天的折磨……后来他告诉我，父母说我们还太小不愿意要这个孩子……我震惊了，我就直接打电话给他爸爸，他爸爸的回答更让我震惊了。他竟然不知道这件事情？！我被欺骗的感觉折磨疯了……想他怎么可以这样对我啊？出了这种事情不是一个人的责任，我是想和他一起承担，我知道我们现在养孩子对我们来说是种负担，可事情出现了我们就不能退缩，不是吗？

我连夜赶到他家，第二天出现在他家门口，他给我开门的那一刹那，我给了他一巴掌……我以为故事就会这样结束，可当他抱着我请我原谅的时候我又心软了，他说他害怕失去我才不敢和我说实话的……他说他也想要却怕负担不起……爱他，我不想他担负太多，我又作出退让……

可我好讨厌他的不负责任啊……

这些都还不算，他工作辞了有半年了还赋闲在家，慢慢悠悠地找工作，没钱的时候总是我着急，我想办法，我不知道他心里着不着急，反正他表现的是不着急……我说他应该努力地找工作，可是他总是说，工作又不是那么好找的，急也没有用啊？我说是没有用，可你不着急就永远没有用！

　　我说我和他在一块有时候连最起码的安全感都没有了，他现在还可以有家可归有父母可以依靠？可哪一天当我们的父母都老去的时候，要是遇见什么风波，我们去依靠谁啊？我是个女人，不管有多坚强，潜意识里，我还是需要有个人，在我不知所措的时候让我依靠一下。

　　分分合合其实好多次，每次都以我的心软而告终。这次他说工作稳定了就准备结婚，他父母也要春节到我们家提亲，可是我怕了，我怕悲剧再重演。可是我又放不下这么久的感情，不知道是放不下他还是放不下我这么多年的付出？

　　我总想或许是他的家庭环境造成的他的性格，没吃过生活的苦，也不是太大，我自己的性格或许又太急了？我想坚定地去等他的成熟，可还是怕本性的东西很难改。

　　一个女人可以等一个男人多少年去长大啊？我怕等着等着，我就成了怨妇了……

矛盾的人

矛盾的人：

过年的时候，人难免总要假惺惺地感叹自己老了一岁（言下之意当然是更老辣了，对世界生出一副雄心），一般也会真诚地祝福一些小朋友长大一岁（这样可以免掉许多幼稚病），我也想把这个祝福送给你的男友，但愿他快快大一岁。

他虽然没有你期待的精进，但在我看来，与他人无异，毕竟工作确实不好找。你开列的不成熟原因列表如下：独子、性情不紧不慢、没有吃过生活的苦……除了性子有天生的因素，独子与过过好日子，现在都市里的男生哪个不符合这个条件？成熟的人多了去。

吃苦才会成熟，别说这让人讨厌的陈词滥调了，这逻辑成立，社会就不要进步了，生活就不必改善了，大家永远停留在吃苦的1960年，那时候除了苦，没别的东西吃，成熟的人有没比现在更多？我祝愿谁也不要吃苦，幸福地成长，自然而然地成熟，这样的男人女人，比吃苦的男人女人更舒展，更开心，苦难往往不利于爱情，也不利于人生，一辈子碰不上最好了。

比不成熟更可怕的是装成熟、假成熟。你们一起生活一年多就搞掉两次"人命"，这可能对身体不太好，这里有他的责任，我想也有你的过错——这不是什么难以破解的伦理难

题，去买盒安全套，也不需要审查，报备双方家长吧？跟买
气球一样，尤其是你"母性"那么足，"一想到那两个还未出
世的孩子，我都会哭……"那更应该在与这个孩子男友行房
之前做足工作，不要轻易造人，把这也算成他伤害你，不太
公平。

这个社会有种种毛病，但是也得承认，它在一些问题上
比原来成熟多了。比如年轻男女的恋爱，一般人会认为那是
孩子们自己的事情，横加干涉的企图有所收敛，不小心出了
状况，将之视为"生米煮成熟饭"，那就让人齿冷了。

比装成熟更可怕的是，把周围的人全逼成不成熟。一个父
亲，忽然接到一个女孩的电话，声称怀了儿子的孩子……再接
下来，就是看她在自己家门口扇儿子一巴掌。深感震惊的，应
该是他。从你的描述来看，这位父亲此情此景之下，没有过激
反应，甚至还要去提亲。我应该恭喜你，把这种媳妇迎进门的
家庭，其实并不多。不知道是不是因为他父亲（你未来的公公）
还没有成熟？因此希望吃点苦头？

养孩子是个系统工程，是成熟的选择，你们自己都负担不
了，无能到一年多时间三次意外受孕，这种状态下生孩子，可
能是这个孩子的不幸。我有两个建议，一是你们再长大点要孩
子吧，至少有稳定的经济来源，心智也稳定一些（体现为不使
用暴力解决问题），那样对谁都好，尤其是孩子，暴躁的母亲
很难让孩子幸福。

　　如果你一定要生，这是我的第二个建议，孩子出生以后，取名"再而"吧，以警示后人，犯错误不能"一而再，再而三"。

　　祝开心。

连岳

2008年2月13日

有善意的谎言，无善意的虚伪

连岳：

您好，昨天和一个朋友聊天，发现最近我们都被人称为"骗子"，引发了我们关于爱情中要坦白到什么地步的疑问，所以写信来征询一下您的意见。

我的朋友是一个聪明、有趣的男生，我们从小一起长大，他本来有一个交往七年有余的女朋友，两人已经一起装修了新房，买了车，打算结婚，但就在婚礼前一个月该女生听说他小时候患过哮喘，然后毅然取消婚礼，分手了。我朋友的情况是这样的，大概10岁之前患过哮喘，后来经过治疗和进入青春期后体质的加强已经痊愈，15岁之后再未犯过，他现在的工作是在公司做人事管理，所以医生的结论是：1.小时候的哮喘并未留下任何后遗症，对呼吸功能等都没有影响；2.以他现在的生活、工作状况来看，今后复发的几率也趋近于零（他们新房装修过程中常接触油漆等都没有复发）。事实上他们交往这么久连那个女生也不会否认以上两点，所以我的朋友认为他小时候患过哮喘和小时候患过肺炎、水痘等没有什么差别，不会影响今后的生活，但显然二人观点有差，所以就分手了。

　　我呢是一个女同性恋，这种状况在一定岁数之后单位就会有热心人不停地介绍男朋友给我，常常是万般推托之后还要无奈地去参加相亲，浪费我不少宝贵时间，那些时间本可以用来读书，运动，陪女朋友，看美剧或者睡大头觉的呀。但其实这还不是最糟的，最糟的是公司有同事追求我，我当然是明确拒绝，但谁知该老兄无比执着，向这些同事出柜本来是无所谓的，大不了辞职重找工作，但症结在于我有大学同学原来也在这间公司工作过，这样出柜的范围就太大了，我并没有做好这样的准备，所以只好以各种理由拒绝该同事的追求，一开始时我的感觉是烦不胜烦，但时间久了之后就开始内疚，因为他的确是在我身上浪费了时间和感情，最后的结果是我辞职了，和朋友一起开了一家小公司，呵呵，现在做了小老板，可以以同志身份在公司生存。但是前几天那个追求过我的同事听说我是同性恋，所以写了一封很愤怒的信来说我为人不诚实，欺骗他。后来我认真想过这个问题，撇开同性恋不谈，即便我的理由是比如我是独身主义者，我结过婚不想再谈感情，甚至是我有一个为人低调，不愿被人提起的男朋友这些正当而不会引起歧视的理由的话，我在拒绝别人追求的时候是否就有义务告知别人呢？我是不是一定要给个理由别人呢？

听过我们的故事之后不知您对爱情中要坦白到什么地步究竟有什么看法呢，我们的行为算不算欺骗呢？

祝您天天开心。

假装思考人生的芒果

假装思考人生的芒果：

　　我们某种程度上都是骗子，我们不可能对人坦白自己的所有历史——就是你想做也做不了，可能你的经历有些已经忘记了，反而是活在别人的记忆当中——我们脑海里不停涌动的意识流，其中的多数内容可能也羞于启齿——当然你不承认我也没有办法，在这个论述过程中，我倒是真的需要你的诚实配合；而那些我们清楚地知道的自己的许多特性——无论它是习惯、是癖好、是不幸的记忆、是隐藏的心愿——我们只愿意它们活在咽喉之下，远离自己的舌头与他人的耳朵。

　　这意味着有意无意间，我们向别人隐藏了许多信息；它可能无伤大雅，也可能毁了一段爱情，就像你那个小时候得过哮喘的朋友——在这个问题上，我倒认为那个跟他分手的女生可以理解——纵使医生不同意，你不同意，你的朋友更不同意——爱情就是有这种极其个性的甚至不合常理的因素在——以病为例，两个恋爱的人，可以把握的成分是多多沟通自己的疾病史，这有利于两人及后代的健康；而那些让你徒呼"天呐天呐"的成分则是爱情中不可把握的成分了，一个姑娘可能特别不能接受你得过哮喘；可另一个姑娘也许爱上了你曾经的忧郁症。不仅是恋爱，作为一个人，都得接受人与人之间喜好的"非理性执着"，拿破仑可以征服欧洲证明个子矮也可以当大英雄，但对于一个只喜欢高个子男生的姑娘来说，就是拿破仑以欧洲作为聘礼，她也不会改变主意——当然我怀疑现实中存在这样的姑娘。

至于说到拒绝他人的追求，那更是得说假话了——此时的美德是想一个让人开心的假话——他丑、他蠢、他坏，这些都不宜直说，有些事实不摆明，小则让人不绝望，大则有利于世界和平（嗯，这点可能说得太大了），电脑硬盘上的私人照片公开了，生活就要受影响，爱情说不定也散了，玉女也不得不宣布"不再是小娃娃……"明星也不是任何角度都适合上封面的。

有些事情不到万不得已，确实不该承认，比如同性恋，这个群体总的来说，在当下还处于弱势，如果不是平权斗士的话，不出柜完全合理，也是保护自己的正当方式——有人要因此愤怒的话，那就让他当一条肛裂的汉子吧——对不起，写错了，是当一条"刚烈的汉子"吧。只有隐瞒自己的性向，骗取他人的爱情，甚至用另一个异性恋当成自己的掩护，那才是欺骗，更是猥琐。就像你情我愿，拍几张照片，拍什么姿势，露多少点，都不丢脸，也不让人讨厌；就怕一拍完，一出门就觉得别人亲嘴"好恶心"。

有善意的谎言，无善意的虚伪。这适用于包括爱情在内的一切事情。

祝开心。

连岳

2008 年 2 月 20 日

无退路之爱是人质之爱

连岳：

你好。我是一个孩子的母亲，也许在我心里她永远是我的孩子吧，虽然她已经30岁了。

女儿从小聪明乖巧，和我一直谈得来，什么心里话也和我说，顺顺利利地大学毕业，找到工作，在该结婚的年龄结了婚，有一个外孙女了。但是在她身上却发生了我认为只有电影里才可能发生的事情。她当初结婚的时候，我和她爸爸是不太同意的，因为对方太娇生惯养，不太会干家务，而且有些爱吹牛，有些飘，不脚踏实地，但是女儿同意，说他心眼好，脾气好。当时我和她爸爸就想只要女儿觉得好觉得幸福就行，当父母的就别说太多了。就这样过了几年，渐渐地女儿也开始发现对方的缺点了，家庭琐事多起来矛盾也多起来，每次我都开导女儿让她多看优点，虽然的确对方越来越爱吹牛了。给她把外孙女看大，我也想着能享几年清福了。

但是最近我发现女儿越来越消瘦，越来越忧

郁，以为是工作忙累的，虽然她不是特别开朗乐观的人，但她沉静理智，做事果断。一次打着打着电话还哭了起来，才知道她有心事，就一次次地追问她，开始什么也不说，搪塞过去，但我看着还是不对头，持续地问，一点点地终于问出来了。老天，一下子我就晕了，怎么在她身上会发生这种事，我不断和她谈，最后把我也绕晕了，也解决不了她的心事。

我用字母代替吧，否则说不清楚，你也听不懂，希望能把女儿的事说明白。

D代表女儿，A代表女婿，B代表一个男人，C代表B的妻子。

ABCD原来全在一个单位。B和C结婚后因为关系回避，C去了另外一个单位，C我见过，漂亮的女子。A和D结婚后D去了另外一个单位。D和B原来根本不太熟悉，人员调整D和B到了一个科室，成为关系比较好的同事，B我也见过，平心而论挺不错的。同事之间都有彼此的QQ，闲时就会聊天，突然有一天，B发给D一条信息："你让我心动。"D没有理也没有回，想着也许发错了，仍然和以往一样说笑，但感觉B对自己比对别的同事要多些关怀。在一个休假结束D回到单位,B开玩笑似的说："这段时间天天梦见你。"D大声啐道："瞎说什么。"B讪讪地走开。就这样一年两年却不知怎地B和D深深地陷了进去，深深地爱上了彼此，两人知道不应该发生这样的事，仅仅停留在精神上的恋爱，谁一天不见谁就想念，把所有的聊天记录都打下来保存，学女儿的话说，虽痛苦却甜蜜。然而终于有事发生，C在一次检查中发现有妇科疾病，不能再过性生活，就这样无法阻挡地B和D又进了一步，又是折磨的开始。B无法和C离婚，C不同意离婚，D和A也开始冷战，到目前为止C和A并不知道B和D的事，想着就这样一辈子吧。但B和D终是要避人耳目，B想D时候就自己用手解决自己的性需求，D知道时心里总是痛苦，终于有一天B无法忍受去嫖了娼，B觉得不能再面对D，就提出分手，D开始不知道缘由，就苦苦纠缠，终于B说出来了，说不能再继续了，D就一直哭啊，在D心里，B是深爱着的人，怎么能这样，B她没有路走了。

这就是女儿乱七八糟的事，我让她回头，她说无法回头，因为用了全身的力气来爱了这么一场，拔不出来。怎么办，怎么办？

一位无能为力的母亲

一位无能为力的母亲：

世界上只有一种感情在某一阶段，无论其中的人出了任何差错，你都无法退让，那就是母亲对未成年孩子的爱，当他（她）生下来时，多么丑，脾气多么坏，有什么缺陷，母亲都得承当无法逃避的责任。这是母亲的劳役，也是母亲的伟大之处，但容我多说一句，许多母亲在孩子成年成家以后没有改变角色，也是使爱转变成憎的重要原因，对孩子的配偶从潜意识里进行有罪推断，臆造、激发、利用矛盾，以保住自己对孩子的绝对地位，这时候许多母亲有一颗冷酷的心——于她自己看来，当然是充满了慈爱、温暖的光辉，简直要上教科书了。

这些话不是针对你的，从你的邮件来看，你还是位不简单的母亲。我想说的是，任何爱要是没有退出机制，没有度，那么，爱与恨、喜与悲、乐与怒都是一回事。没有比母爱更无私的了，但是母爱不控制在度以内，不给成年孩子以足够的私域，那么，就没有比这母爱更自私的东西了。

情人之间的爱也是如此。它得有度，过了度退出机制就得起作用。为什么健康的爱情及男女平权中一再强调女性的经济独立？为什么得一再告诉那些不再是处女的女性，他们的人格没有任何损失？为什么得让那些受过性侵的女性知道她们不必有罪恶感？为什么一切贬低女性的观念全要反对？那是因为这些常识与观念的缺失使女性在爱情当中没有退路，只处于依附的奴性地位。

这会导致"斯德哥尔摩综合征"爱情版【名词解释：斯德哥尔摩综合征（Stockholm syndrome），又称为人质情结，是指犯罪的被害者对于犯罪者产生情感，甚至反过来帮助犯罪者的一种情结。其产生的重要条件之一是人质必须相信，要脱逃是不可能的，也就是没有退路】。对不起，写得这么学术，我向读者们道歉。

你的邮件提供了一种更为常见的感情模式，那就是当事人基本上没有过于原则性的错误（当然，有道德洁癖的人可以从中挑出巨大的过失，问题是，他们从什么事中挑不出过失呢？），每个人的感情选择都有其一定的正当性，但是每个人又都不快乐——这种伦理难题太像中国普遍存在的爱情了。在这种非原则性冲突中作出选择，反而更是我们爱情的当务之急。退出机制起作用的开关是：爱情关系的当事者痛苦的感觉多于快乐之时。以此标准，你的女儿应该迅速切断与B的关系。B的处境看起来更无解。你女儿用错误情人来取代错误丈夫的做法，不退出当然也会有些爱的感觉，人质都会爱上绑匪呢，爱给你带来无尽痛苦之时，就不是爱了。

我不怕抬杠的人说：依你的标准，中国多数婚姻都要散掉？我的答案是，没错，如果大家都有勇气的话。

祝开心。

连岳

2008年2月27日

岂能用早泄省时间？

连岳：

　　你好，最近在读你的那本《我爱问连岳》，没想到自己也萌发了给你写信的想法，你只比我大四五岁，但我相信有时人生智慧与年龄无关。

　　这段时间一直被一个问题困扰，我33岁了，从小家里的教育主要就是要好好学习，加上家庭氛围的关系，青春期的我虽然对异性充满了向往，但心中的渴望一直被压抑着，直到二十八岁才有了真正意义上的女朋友。因种种原因一年前我们分手了。

　　分手后我的想法比较明确，就是如果再找女朋友就一定是找结婚对象了。因为我的年龄已经不允许那种无结果的风花雪月，尽管我对青春期的空白的感情史很遗憾。

　　因为我还是想有一些作为的，所以不想因为交女朋友耽误时间。看着有的人的感情丰富多彩，我也挺羡慕。但我总觉得那样是很花时间精力的。有的人交了很多女朋友，但直到40岁才结婚，而且事业也没有，我不想那样。曾经也想过，不去想那么多吧，别太在意结果，有机会就谈一个，不行再找。但我总有这样的感觉，那就是我一旦踏上这样的轨道，就很可能停不住了，三年五年的，一晃就过去了。而且交女朋友有时也是很费神的，她不会只给你甜蜜，她会对你有许多需求，得不到满足，就会出现扯皮。

但眼下的生活真的很寂寞。有人说女朋友是"没有的人就越没有"，"有了一个就好办了，就可能会有更多的机会交到更好的女朋友了"。我觉得这话有一定的道理的。

我明白作为一般的看法，可能都会劝我还是找一个可以结婚的吧，时间耽误不起，但请设身处地为我想想，那一整段青春的遗憾，要等到什么时候去补偿？还是干脆让它随风而去？那样，我会甘心吗？而且，我如果总抱着找结婚对象的想法，排斥其他的可能性，反而可能让我的"婚恋市场"更加"门可罗雀"。毕竟人都不能免俗，都有从众心理。身边缺少异性，别人会觉得你缺少魅力和实力。虽然过去我一直不屑呀。这样的想法，最近我也开始相信了。

唉，我知道生活是要有所取舍的，但真的是左右为难。请你抽时间指点一下，想听听你对这个问题的看法。

鱼与熊掌

鱼与熊掌：

你说到《我爱问连岳》，那就借着这个话题说吧，如果你觉得是自我吹嘘，那得请你原谅。这书出版至今，时间不到一年，已经有很多人跟我说："挺好看的，不过，为什么不写些更重要的题材？为什么不写一些能流传下去的文章？"

这话的恭维我全部收下，其他自然不太同意。

因为爱就是最重要的题材。爱不重要的社会，则无其他有价值可供追求。

我很佩服那些不朽的作家，他们能写世代传诵的文字，我也很敬重那些活着就想不朽的人。不过，如果是因为这个，要让我放弃每周写一篇情感专栏的乐趣，我觉得，我还是速朽吧，死即葬我，快快烂掉——谢天谢地，我没有成为一个自大狂。

我想不明白，为什么这个时代有那么多人想不朽。活得像老鼠一样，却希望后代记得他是一只老虎。爱是人唯一的救赎，就算我们是一只老鼠，也可以爱另一只漂亮的小老鼠，分享刚刚偷来的一粒坚果。

地球在宇宙中占的比例，远不如一只老鼠占地球的比例，人应该谦卑，感激我们幸而有这个肉身，生命只是一瞬间而已，以后没人会记得你，就算记得你，于你也无意义。

上面的例子可能童话色彩浓了一些。不过，爱有让人单纯的魔力；单纯的爱也具有魔力。什么是单纯的爱？又还得童话一下：以狗为例吧，它是一位爱情专家，它在很小的时候，听到你回来，就会挪着肥嘟嘟的屁股，热情地舔你的脚趾头，稍稍大一些，它会扑到你身上，湿湿地亲吻你的脸——它的所有心思，就是爱你，它一无所有，没有工作，没有知识，没有思想，不会说话，更没有所谓的事业，就凭着以爱为生命的核心，它就能永远俘获你的心。

　　我们全部的存在就是我们活着的体温，摄氏37度，在这个温度里爱一个人，被一个人爱，这是多么重要的事情，这是我们活着的证据，是我们活着的乐趣，是我们活着的唯一。我们沉迷于许多，金钱、地位、名声，甚至变一次发型，换一副眼镜，不都是为了引起那个唯一的女人的注视？

　　到底出了什么偏差，让我们觉得爱无聊琐碎？是什么让我们忘了应该用爱取悦那个人？你的想法其实代表了传统中的"争气"，"因为我还是想有一些作为的，所以不想因为交女朋友耽误时间"这样"事业型"的男人走出来，会得到多少掌声呀，他舍熊掌而取鱼的姿态何等的毅然决然。我告诉你，世界上只有一种事业需要放弃爱情，那就是你决定成为一个真正的大和尚——当花和尚都还不会受这煎熬呢。

　　让我说实话，爱比事业重要多了。我们面临的选择永远只该有"要不要为爱放弃事业"，而不能有"要不要为事业放弃爱"。别拿事业来吓人，写几个字，挣几文钱，弄一点权，就叫事业？你就是有江山，别人也可以不爱你。还"交女朋友耽误时间"——你已经33了，事实证明，你省出来的时间也没让你更聪明。不是什么时间都可以省的，早泄挺省时间的，可哪个男人喜欢？会有人这样暗中庆幸吗：还好早泄，省下好多时间读书。

爱在我们这儿是被贬谪的王子，我要做的（希望所有人都这么做），是让它再次受宠，从而让天下人都知道，不知道爱，没人可爱，不被人爱，是多么羞愧难当的事。对于你来说，我的建议只有一个，赶快去交一个女朋友，这就是你的事业。你是鱼, 爱情就是水, 你是熊, 爱情就是熊掌——一刻也不能割舍。

祝开心。

连岳

2008年3月26日

孤独的穷孩子，
你要多蜕一重茧

连岳：

您好。很矛盾写出这封信。不知道您看完这封信之后会不会觉得有个这样的读者而别扭呢？

思绪很乱。想到哪儿就写到哪儿吧。

我高中读的是重点高中，重点班，高一下学期父亲脑溢血，昏迷一个多月，后来醒来连我都认不出来。现在的智商很奇怪，一会很懂事，一会很幼稚。期间，我的亲戚让我见识了赤裸裸的落井下石与世态炎凉。后来我考上了一所大专，勉强读完。上学的时候同时打过很多份工。第三年的时候母亲不再给我生活费。事实上，前两年的生活费，我印象里是只有吃馒头。菜是很奢侈的东西。看不到丝毫的感恩是吗？嗯。我是个没有良心的人我承认。

上学的时候在夜总会的门口做过迎宾，第一次见到了从事色情行业的女孩。她们都很友善。

毕业后我妈要求我每月给她五百块钱。事实上，我是个不安分的人，我厌恶我自己的不安分却无法自拔。我找了个业务员的工作。可是这是个动荡的工作。父亲已经退休，每个月有两千的退休金，母亲是农民，还有刚上高一的弟弟。我希望自己可以出人头地，在一个没有背景的社会里，或许业务员是唯一可以赚到钱白手起家的工作。那样的话,五百不是问题,我可以给他们更多。相信我，这是真心话。

可是，现在我保证不了每月都拿出五百。很艰难的时候，甚至没有地方住，我于是假装流浪，火车站大厅和别人家的沙发上。至于男人，肯帮忙的，能帮得上忙的，到最后都有种种目的。我厌倦这种有目的的阴谋。

有一年五一，我拿回家一千块钱。我妈开始用各种不能入耳的话骂我。在外面上班这么长时间只拿回这样一点钱不要脸等。

我一路哭着走了，她恶狠狠的话还在那飘着，翅膀硬了，我们断绝关系……是怎样的心情？？

不久我到北京，开始找夜总会，只是坐台。很好笑，年幼的时候，上学的时候，条件如此艰难我都不曾踏上这条路。心里有些歇斯底里,好吧,我不要脸给你看。

……

现在我离开那个场合。

我没有恨谁，我们之间日后只有赡养的义务了。

只是我再也回不去了。再次看《千与千寻》，我哭了，或许我从来没有打算找到回去的路。

眼泪是假的，悲哀是真的。

连岳，我只是想振作起来，你能骂我一顿吗？也或者我只想说与你听听。

五百五百

五百五百：

　　你这封邮件其实与这个专栏的绝大多数邮件不同，里面并没有明显的"爱情故事"，缺失了男主人公，提到的男人只有冷淡的一句"至于男人，肯帮忙的，能帮得上忙的，到最后都有种种目的。我厌倦这种有目的的阴谋"。

　　但是我非常想回这封邮件。一个人与这个世界的联系，在她的叙述当中，往往可以简略成"有没有人爱过我呢"，这个最本质的人生叙事，也可以用来证明我们为什么那么想得到爱。

　　最温暖的一丝亮色来自色情业的女孩，"上学的时候在夜总会的门口做过迎宾，第一次见到了从事色情行业的女孩。她们都很友善"。我最近刚好在看有关色情业的研究资料，在对九个国家的色情业进行的调查显示：60%至75%的性工作者在职业生涯里被强暴过；70%至95%的性工作者遭受过暴力；创后综合征常发于战后士兵及酷刑受害者，罹患此征的性工作者高达68%，是前两类人患病的总和。这个数据，我想可以用来观察其他所有国家的性工作者，这样不幸群体里的一员，却能友善地对待一位迎宾小女孩——人爱另一个人，那种人类之爱，通过微笑、简单的问候或者温暖的肢体语言，其实正是人类得以存在的保障。

　　既然爱如此自然，为什么有那么多恨？甚至来自自己的母亲？甚至只为了500块钱？那是因为500块钱对许多人来说——没错，是许多人——它还是大钱，大得大过女儿的钱。为了不引起误解，我先解释两个概念，贫穷，这是所有人都讨厌的生存状态，生存在其中的人，即为穷人——贫穷与穷人是完全不同的概念，"贫穷是最大的罪恶"（这句话绝不能理解成是侮辱穷人，切记），所以要反贫穷、反饥饿，要弱势关怀、要庞大的慈善基金、要政府的转移支付——我不觉得在情感专栏里说这些术语有什么不对，我们是在这样的世界里爱人，当然要了解它的详情。

我理解"五百五百"被母亲抛弃的感觉，虽然这位母亲是贫穷的受害者，可我不想用这个来和稀泥，因为并非贫穷中的每一位母亲都成为施害者，只有自己的爱太脆弱的人，才容易成为第一批牺牲者，他们是贫穷的祭品，这种心态在富裕时也能让自己成为祭品——男女爱情也可同理类推。

谁有资格骂你呢？人生而不平等，穷人家的孩子，天生就多一重茧要破——希望许多读者不至于幼稚地认为城市里没有穷人，有次在菜市场，我见一菜贩埋怨一位魁梧的老头：下午你问三遍价钱了，又不买！那老人背着手，慢慢走开，辩解了一句：问问都不行吗？似乎是为了维护自己的尊严，他绕着其他菜摊走了一圈，表示自己并没有溃败。我远远地向老婆指认了那个菜贩，说，以后再也不要跟她买菜了。

在文章里，在道理上，都会同情穷人，但是——可悲的但是——在现实中，穷人很可能被歧视，尤其是穷孩子，在物质世界里，在阔孩子的对比之下，心里的自卑、怨恨及仇视自然而然发生，这是额外的那层茧，你不挣破，让你无法爱人，也无法被人爱，幸而有人爱，你也会在强烈的不安全感当中催生许多不必要的嫉妒与怒气，从而把爱人吓跑。然后进一步加剧你的哀怨。

　　生而不幸不是我们的罪，生而幸运也不是别人的罪。能给所有穷孩子的建议就是这条，既然一生下来就落后了，就更没时间纠缠于情绪了，快去寻找机会。

　　五百五百，你无论做什么，至少要善于保护自己，健康不要垮掉。孤独的家伙，你要挺住。

　　祝开心。

连岳

2008 年 4 月 3 日

爱人的爱，我心里有

连岳：

我有很大很多的癖，喜欢相处或渴望了解的人却少之又少，无论肉体还是精神。就像衣服，在我的消费水平内，很难找到一件穿着舒服的外衣。这是不是说明潜意识中还未找到最适合的外部形象——抑或是心气高，要求一些超出资质、能力之外的东西——无论如何，癖得过分，小小的细节也能让我放弃一个可能的爱人或朋友。

为什么我的癖会这样？这可能不是你说的《亲爱的，我有癖》中的癖。最近看的一些心理书籍的观点是：从别人身上看到的缺点，通常是放大几千倍的自己的缺点，讨厌别人实际是讨厌自己，对自我不满意。这个理论起码对我很适用。再继续锻炼学习看看，爱自己。

对真人兴趣不大，对艳情片倒是很喜欢和需要，自慰时谁都不想。不知是喜欢看女主角还是男主角多一些。请问：一个处女，很有可能成为一个老处女，想学习性技巧，打算当个教人家怎样达到多次高潮的培训师，是不是不够专业和说服力？在一个台湾的娱乐节目知道后，就很想参加这个课程，想要知道在性方面怎样才算及格。但是想问问你这个有过性经验的老大哥：性技巧培训，会不会像成功学讲座一样的无聊空洞？虽然记得你说过床上功夫是每天都该进修的，但是自己进修和让别人来教，有没有差别呢？那个节目的来宾有兴趣上这个课程就被当笑料，《欲望都市》也不屑这种培训，好像根本不用教的。

T

T：

回答你的邮件之前，先让大家看另一封邮件——准确地说，应该是一类邮件的代表，上周的专栏出来以后，我原本以为那样术语很多的文章大家会不满，没想到却收到了许多写给"五百五百"的邮件，索性把这封登出来，希望"五百五百"能够看到：

"这不是一封问问题的信，虽然我一直不明白为什么一直没有一个男人来爱我，或者说我为什么到现在还碰不到那个我可以与他相爱的男人。

请耐心看到结尾，或者如果你没有耐心，跳到结尾去看。

先恭维一下，我每个星期三都感觉到一点点生活的乐趣，因为每个星期三到达办公室之前，我会经过一个报亭，报亭里有份叫作《上海壹周》的报纸，报纸上有你老人家写的字。之前我也买，不同风格，但是都喜欢。

昨日的报纸是在晚上九点后，等待我的晚饭上桌前看的。才九点，我的担心是这样晚吃饭我会越来越胖，这样累的工作我会老得很快。但是我得把自己填满，肚子饿是件要被谴责的事情。

我没有泪盈于睫。我只是觉得我的睫毛有点酸。

然后我吃了一碗满满的热热的米线，微辣。

然后我想，我得给你写封信。

长大之后，越来越觉得自己的幸运。爸爸妈妈，姐姐妹妹，呵，我那么深爱的家人。尽管一样的，我会觉得孤独，从很小的时候就知道孤单，就知道绝望，就知道无助得不知所措。我想说每个人都有自己的一段日子要很辛苦地熬过去，所以我们知道。

或许请你转告以下的信息给五百五百，并不是毫无意义的吧。

五百五百，连岳说的那些爱，爱人的爱，我心里有，我愿意分给你一点点。

"爱人的爱，我心里有"这一句话不仅希望"五百五百"能听到，不再觉得孤单，也希望大家都能看到。热量最终是从我们自己内心发出的，只有心里有的东西，你才能放射出来。爱从心里说出来才是爱，从嘴里说出来，充其量，只是恭维而已吧？

我小时候，邻居有位青年教师，别人屡屡给他介绍女朋友，他都不满意，理由也很坦白：不够漂亮。这话在当时离经叛道，媒人们及其他老师听了不高兴，一个老师怎么可以说这种话呢？当时的主旋律是心灵美——这到现在也是强势名词——人怎么可以这么堕落呢？只在乎姑娘的长相？太流氓了！

于是有人去做思想工作:"我们老师是人类灵魂工程师呢! "

他说:"是呀,是灵魂工程师。"

"那那,那你怎么可以只重外貌? "

"因为我的专业就是塑造人的灵魂,她的心灵暂时不那么美,我也可以逐渐让它变美,不会坏了灵魂工程师的名头。如果她长得不漂亮,我倒是一点办法没有了……"

不得不说,从那时候起,我就树立了正确的爱情观:一定得找个漂亮姑娘。至于心灵嘛,可以慢慢纯净——开个玩笑。

言归正传,为什么说这是正确的爱情观呢? 它还建立在乐观的前提下:每个人心里都藏着爱的种子,只是你能春雨一般唤醒它迟钝的根,爱就会生长。

上面这些话和IT女工的问题有何关系呢? 正如心中有爱,言语才会温暖,性技巧这种东西,不是与生俱来的,它甚至不能通过纯粹理性来认识,它属于经验科学——从这个角度来说,它比爱更难得到。

也就是说,一个处女,纵使有许多自慰经验,想精通男女间的性技艺,几乎不可能,当然更无法培训他人达到多次高潮。曾经有个不会游泳的教练训练出了世界冠军,而这种特例绝不可能出现在"性技巧培训"领域中。

性是对她身体的了解,对他身体的了解,是对她与他在一起时的了解,我认为这是世界上少数几种很难用文字形容的事情——硬要说，难免就无聊空洞，所以色情文字合法化的国度，若有人想出了什么新的描述方法，同行就会一片惊叹，要件那么少，竟然能花样翻新，那真是天才。

你有的，才能给人。爱如此，性技巧也如此。

祝开心。

连岳

2008年4月9日

那个擦身而过的、知道爱的人

连岳：

和她认识是在几个月前，过程很简单，大家一起组团到外地旅游，一来二往就认识了，我知道彼此都有点暧昧，我知道她有男朋友，所以仅仅是有些暧昧而已。后来她的男友提出了分手，他们之间有些问题一直存在，或许也有我的缘故，我们就顺理成章地在一起了。

她的心理一直都有些问题，因小时候家庭的原因吧。她有着强烈的不安全感，因为过去的分手，因为她的家庭，我陪她去看过心理医生，也时常陪她聊天，期望可以走进她内心的世界，帮助她，呵护她，虽然她总说起其实放不下原来的男友。

我们就这样继续着，直到那件事情的发生。

年前，我在用她电脑的时候发现了一些东西，那是她和她男友做爱留下的一个短片，虽然只有短短几分钟片段，但我彻底被摧毁了，我突然体会到什么是心痛，我看了下时间，大概是在我们单位组织出去玩的时候发生的，我记得当时她说她要回学校，所以没有一起去。

好吧，我承认随便乱翻别人电脑是件不好的事，我承认我的错，但是毕竟是看到了，毕竟有了心结，而且这心结没有人帮我来解，只有靠我自己。

我知道这是过去的事，她说男友当时是电话里提的分手，但是她一定要当面说，于是在当面的那天晚上就发生了这样的事，我看视频里她笑得很开心，她男友甚至拍她洗澡，我觉得他们像正常的夫妻而不是要分手的情侣，我有很多为什么，可是不敢问，这件事我一直不能释怀。

但是我一直告诉自己要放下，因为爱，所以要放下，要放下才能继续往前走，而我是爱她的，所以就算痛苦，煎熬，我也告诉自己要放下原来的那些，和她一起往前走，尽管我之前是有处女情结的人。

而事情并没有就此结束。

年后我们一直交往得很好，她对我很依赖，很黏我，她从小在脑海中就无法留下任何人的印象，应该是生理方面的问题造成的，她说唯有我的影像，她可以回忆得起来。

其实我也喜欢这个样子，为了她去学做菜，做她喜欢的粤菜，直到有一天，她郑重地和我讲，其实她还是放不下，脑海中总是会浮现和原来男朋友的种种，走到一个地方便会想起原来是和她的男朋友来过这里。她说和我在一起很歉疚，我对她越好，她就越歉疚，她说她才知道，她依然爱着她的男朋友。

我觉得我的心快要炸裂，我要离开，想一个人冷静，我不知道自己是什么，她却死死地拽着我的手不让我走。

每当她回去学校，说是需要一个人的空间的时候，便不再回复我的短信，也不会主动联系我，无论我发多少短信，无论什么内容，她一概不回，而我，其实很难忍受这种类似陌生人的冷暴力，非常痛苦和无助。

我不知道她到底爱不爱我，我不知道我该怎么处理我们的关系。在一起？她又说她放不下，难道她和我在一起我还要接受她想着别的男人？不在一起？我又不忍心，我知道我爱她，我松不了手。就这样混乱着，不知道该怎么办。

我已经很努力了，克服心中的障碍，去学习如何两个人相处，我甚至为了做她喜欢的酸菜鱼看着鱼的尸体去厕所吐了几次，而她生起气来甚至会打我耳光，并且会翻看我的手机，说某某女生又给我发一些暧昧的短信，尽管我的短信回复都很中立。我不知道她是否了解我为她作出的努力。

我到底该怎么办？

Jack

Jack:

你应该是很爱她的。

爱的一个重要标准就是接受现在的她——现在当然是由一系列过去构成的，包括电脑里的性爱视频。一个有处女情结的人克服这一切，显然是爱情才有的奇迹。

当年网球天王桑普拉斯说过一句话："生活应该是这样的：和一个你梦想中的女人结婚、生一个孩子和有一个伟大的职业生涯。"这话据说感动了很多女人，不了解背景的人，觉得不过是句废话。这是桑普拉斯在看了女友原来拍的色情片以后说的，他一度起了放弃的念头，后来选择坚持，相信这个女人是他"梦想中的女人"。

而色情业者抓住商机，翻出桑普拉斯女友原来的作品，粘贴新的广告语："享受与桑普拉斯一样的快感！"——这是天才而残忍的创意，由此也可推测出这两个人维护婚姻的难度。

我不知你会不会有"一个伟大的职业生涯"，但是你爱人的能力应该差他不远了。事实上，在给我的邮件里，类似发现性爱短片的困扰不少，也算是新技术生活中的新问题吧，陈冠希也没新潮到哪儿。再过不久，普通的手提电脑就有海量存储功能，能将主人一生的信息完全记录，让偷看者不快的过去就更多了。

解决新情况，还得靠老哲学。爱一个人，最后就是爱她的全部。我们永远看不到月亮的背面，但我们还是对着它起誓。

有时候，这不仅仅是爱情的核心，说它是人类社会的基本价值也不为过。美国民主党总统候选人奥巴马，这位人气政治天才，上月一场演讲征服全美，甚至撬走了克林顿夫妇的老朋友，转而支持他。

起源于一场危机，3月13日美国ABC电视台《美国你早》节目播出奥巴马皈依的牧师赖特的仇恨白人和反美的激情演讲片段，全美大哗。然而五天后奥巴马针对此事的演讲，却在仇恨土壤里开出大爱之花，太过精彩，请允许我引用几段：

"不管他是多么不完美的人，对我来说，他宛若我家的一个成员。他加强了我的信仰，主持了我的婚礼，给我的孩子施了洗礼。我与他的谈话中，从来没听过他用贬损的语言谈及其他族裔，也没看过他用有别于礼貌和尊重的态度来对待与他交往的白人。他就是这样一个集善与恶矛盾于一身的人，犹如他多年所服务的社区一样。

"我无法不认他，就如我无法不认我黑人社区的同胞一样。我无法不认他，就如我无法不认我的白人外婆一样——一位抚养我长大为我一再作出牺牲的妇女，一位爱我犹如她热爱世界的任何其他事物一样的妇女；她也是有一次向我透露她在街上看见黑人走过时感到害怕，而且不止一次说出那些让我感到心痛扫兴的歧视种族或族群的陈词滥调的妇女。

"这些人都是构成我的一部分。他们也是构成美国这个我热爱的国家的一部分。"

很庆幸，我在你的邮件里也看到这种爱。想到你也许是擦身而过的那个人，觉得世界真是不错。不过，爱情的爱不是慈善之爱，它是相对的，以我的判断，她可能不爱你，她在你生命中的这段，只是上天派来证明你是一个理解爱的人。

祝开心。

连岳

2008年4月16日

不完美不是污点（神秘外卖的故事）

连岳：

您好。

他比我大，近十岁。因为工作中有比较多的接触，我们渐渐互生好感，也经过慎重的考量走到了一起，之后，我们就一直在为两个人的未来做最妥善的规划。去年，在经历了一年的办公室地下恋情后，我顺利找到了自己合适和喜爱的工作离了职，接着是公开恋情，再接着到今年，我们登记了结婚。连岳，你知道么，我时常认为我们是同一灵魂的两个载体，少了其中一个，另一段人生都是不完整的。我和我的丈夫非常真挚和真诚地相爱，毋庸置疑。

我的叙述还是不可避免地走到这里。

昨天，我登录了他的QQ。就道德来讲，做这件事情我是心虚的，我，他的妻子，侵犯了丈夫的隐私。丈夫的QQ设有密友一栏，我看到了有自己，很欣慰；接着看到一个人的名字是"专业外卖"，连岳，你知道当时我的想法多么简单么，我奇怪的是为什么丈夫把餐厅外卖QQ挂在密友栏里，打开这个窗口点击聊天记录我根本联想不到后来看到的一切——连岳你一定猜到了，那个外卖根本不是什么餐厅外卖，聊天记录里不堪入目的文字我不想说了，但我告诉你，记录里有两个时间点，第一段记录交易是成功的，时间显示在我和我的丈夫交往前的两个月；第二段记录发生在我和我丈夫交往一年后，只有两个字，我丈夫对那个人说，"在吗"。

连岳，那一刻沉痛的打击，我一辈子都不想再经历，不想再形容，不敢再回忆了。

我把丈夫叫到面前指给他看，他呆了良久，我发疯一样地尖叫、捶打他，整整一天，不记得我流了多少眼泪，他重复了多少次解释，发了多少个誓。解释大抵是这样的：第一次是一个许久没有女友的30岁男人出于出差时的寂寞和好奇（他说那个人在聊天室发了广告）；第二次是无聊时想看看这个行业的人是不是经常换QQ。而他对我的感情，从头至尾都是真挚的掏心掏肺的。他哭着悔恨哭着请求我的原谅，我第一次看到一个三十多岁的男人在我的面前痛哭流涕。

我相信悔恨不是假的，但是，连岳，我很迷茫，这几天只要一想起这件事情，一想起那些污言秽语进入视线的刹那，我就无法控制住自己的情绪。可以怎么做呢？离婚？我们这样深爱彼此，现在一纸婚书把我们永远牵系在一起，我下不了这样的决心；原谅？以我的道德观来评判，做错了就是错了，这件事情为我们的感情永远蒙上了污点，击溃了我对爱情的想象，它已经不完美了，就算我口头说原谅这在我的内心也是不可原谅的，面对我的丈夫和我们的婚姻，我情何以堪。

这个男人哭着说，要用他所有的自由来换我们的未来；这个男人发下毒誓，他的精神和肉体会一生一世对我忠诚。连岳，面对一个我深爱的男人悲戚的誓言，我不是没有心软过，但是我根本无法让自己去相信。我以为他把誓言录音后我的心里会好过点，我以为用后半生掌握住他的自由也会让我好过，但是丝毫没有。这一切造成了我们婚姻中两者的失衡，我当着他的面看他的聊天记录，看他的短信，连岳你知道么，我很想阻止自己，但我对他已经失去信任了，越多的牵绊和约束只会让我们渐行渐远，这样的道理我又何尝不懂呢。我对我的丈夫说，你的誓言不是对我说，而是对天说。人在做，天在看。我要你的自由何用，终有一天你的愧疚消淡来埋我怨我。连岳你也曾说诺言是用来行骗的。我想骗自己，可又做不到。一个极端敏感的完美主义者，很难豁达很难幸福吧。

年少春衫

年少春衫：

首先声明一下，我不是一个完美主义者。鲁迅先生曾经教导过，写完文章，至少得看几遍，将可有可无的字去掉。这个习惯我一直到前不久才有，不过也就看一遍，惭愧的是，还不怎么能坚持。因为我不是一个完美主义者，我甚至是一个懒惰主义者，我信奉奥卡姆剃刀："若无必要，勿增实体。"——它不仅是伟大的哲学进步，更解决了人生、爱情及心理健康问题。

奥卡姆剃刀这八个字除了不能剃胡子，其他什么都能剃。具体意思就不解释了，一言以蔽之：多一事不如少一事，能偷懒就尽量偷懒。我非常喜欢把这把精神剃刀送给那些完美主义者，完美主义者在病理学中的全称是"一种完美地自寻麻烦的方法，一般也能完美地把自己的生活搞得相当不完美"——如果这话让你伤心，请理解我实在是不愿意让完美主义毁了你的生活。

大师杜尚是这样解释奥卡姆剃刀的："我从某个时候起认识到，一个人的生活不必负担太重和做太多的事，不必要有妻子、孩子、房子、汽车；幸运的是我认识到这一点的时候相当早，这使得我得以长时间地过着单身生活。这样，我的生活比之于娶妻生子的通常人的生活轻松多了。从根本上说，这是我生活的主要原则。所以我觉得自己很幸福，我没生过什么大病，没有忧郁症，没有神经衰弱。还有，我没有感到非要做出点什么来不可的压力，绘画对于我不是要拿出产品，或要表现自己的压力。我从来都没有感到过类似这样的要求：早上画素描，中午或是晚上画草图，等等。我不能告诉你更多了，我是生而无憾的。"

当然不是让你像杜尚这样看破一切。我的意思是说，诚实一点（或者说现实一点）面对这个世界，你就会发现，一厢情愿地想得太完美，只能辅之以欺骗自己才行得通。因为你视之为必不可缺的东西，在杜尚看来，都是可以剃掉的。

也许你会说，我看到的是他存在的事实，招妓。所以极其失望。是的，这是建立在你忽视一些事实的前提下的。你没有活在真空里，可能会注意到，这么多的"专业外卖"存在，显然是有大量的生意及需求，也就是说，你面前的任何一个成年男人，都可能叫过"外卖"。你的丈夫大你近十岁，在没有女朋友时叫过一次"外卖"，就算是一次错误吧，我觉得这是完全可以原谅的错误。男性的生理结构是只有他的性压力释放掉，才可能变得完美一点。总算让我有次机会为男性说说话了……

当然这可能让你非常难接受。那接下来的解决办法只剩一个了，离开这个男人，去找另一个男人，然后，不登录他的QQ，相信假象。

　　了解一点男人的不完美，人性的不完美，知道完美只是一个虚构，这点对爱情有好处。虚的东西最终都会回到实处，你还没给他做饭时，他曾经叫过外卖，那说明他饿了，除此以外，你别想太多。

　　就当他自慰了一次吧。

　　祝开心。

连岳

2008年4月23日

取悦自己的身体，
那是最基本的人权

连岳：

你好，看了你很多年的《上海壹周》专栏，曾经也会想给你写信，不过都只是想想而已，因为总觉得生活是自己的，自己的问题终要自己去解决。这么多年，我已经习惯所有的问题自己消化自己平衡。只是这次真的有些困惑。希望能够了解你们男人的一些想法。

现在的老公应该是非常爱我的吧。他暗恋了我两年多，从我是别人的妻子开始，终于等到了我单身，最终成为他的妻子。我真是被他感动了。在一起半年多的生活，我们也非常开心。只是有件事我总转不过弯。希望知道你们男人到底是怎么想的。他是个性欲很强的男人吧，据他说在没和我结婚睡一起时，他几乎每天自慰，而且不止一次。我想这么频繁的自慰对身体没好处的，很担心。他说在一起就好了。可是我们生活在一起后，我想我也没法天天和他做爱，但一周至少也有三次吧，让我伤感的是，他还是要自慰。他性欲强到我怀孕还是没能克制住，终于我流产了，怀孕两个多月里至少做了六次。我也很喜欢和他做爱，所以终于没能抗住他的吸引力，孩子就这样被活生生地摧毁了。我只怪自己没能坚持住，可同时我有个念头，他是不是太没克制力和责任心了呢？明明知道怀孕的前三个月是禁止性生活，可他却说因为存在侥幸心理，所以没克制住自己。本来和他睡一个被子，为了孩子我坚持分被睡，但最终还是没能保住我们的孩子……这个月初我刚流产，这个月肯定是不能性生活的，所以他很想时，我会帮他自慰。可刚过了一天，今天早上他起早了，结果我发现他躲在另一个房间自慰呢，你能想象当时我的心情吗？真是说不出什么滋味。感觉自己很无助。我想他为何如此没有自控呢，我们的性生活非常和谐，我们彼此都深爱对方，爱极了一起做爱。但为何他还是这么频繁地要自慰，好像我没法满足他。我真的有些想不明白了。他总说只要和我躺在一起，接触到我的身体就没法控制。昨天因为被单洗了所以我们睡一起的。难道这就是原因吗？他今年29岁，应该是很是要的年龄吧，你说我该如何劝服自己。我不是完全不让他自慰，可只能偶尔为之，何况他有了妻子，难道不该考虑到我的感受吗？而且我担心这样下去，如果哪天有女人稍稍勾引他一下，他肯定招架不住了。

　　我觉得这件事不找个男同胞问问是没法解决我的困扰的。身边的男性朋友我也无法启齿问别人这么奇怪的事情，终于想到你了。

　　　　　　　　　　　　　　烦恼中的小女人

烦恼中的小女人：

　　不仅女人有这个困扰，男人也有，自慰是中国人性与爱情中的元问题，它一定会出现，同时伴随着罪恶感——就像夏娃的那个苹果。我们现在每天都吃苹果，但上帝并不会惩罚我们，苹果不仅洗清了污名，还频频被营养学家推荐，说是每天一个苹果，就会饿死医生。

　　自慰在当下还是一粒有罪的苹果。你愿意听男人的想法，那我来告诉你吧。对于男人，从性接触到忠诚度，妻子才是第三者，手却是永远的伴侣。一个性欲旺盛的男人，他用手经常释放自己的性能量，反而更容易招架"女人稍稍勾引他一下"。

　　前不久，一位24岁的研究生给我的邮件里这样写道："有一个问题困扰了我几年：就是该如何正确地面对自己蓬勃的性欲问题。简而言之就是我每隔几天就会非常想这个事情，看到街上的长得好看的女孩子就会很冲动，然后我就会去看黄色电影然后手淫，频率不是很规律，有时候几周一次，有时候一周几次，即使少，也让我的注意力不能集中到学习和研究中来，尤其我和同学同寝，每次手淫的时候都会很紧张，害怕被同学撞见。

　　我不知道这是不是变态，我想知道怎么样来面对这个事情，实际上我很焦虑，每次过后都会很自责，觉得自己真色情，对不起父母，对不起关心我的人，其实也对不起自己，这样也让我很痛苦。"

也许这位青年的恐惧也出现在你们之间，你看到丈夫自慰，就像捉奸在床。

下面是我对这位可怜研究生的简单回答，希望对你也有用：

"1.看见漂亮女孩子很冲动，很正常。看见丑女孩才冲动，那叫反常。

2.看黄色电影后手淫也很正常，看了没反应才反常。

3.手淫怕被同学看见也很正常，找个安全一点的地方吧。

4.24岁性欲'蓬勃'很正常，性欲不振才反常。

5.手淫不是罪，不会对不起父母，性欲长期释放不了才可能做对不起父母的事情。

6.那些关心你的人，尤其是男性，基本上都手淫过，不要觉得对不起他们。除非你手淫时想着他们。

7.就算想着他们，似乎也不必对不起他们，给他们面子呢。

8.性其实是你生活的细小组成部分，几天才想一次，有时几周才手淫一次——你真忍得住。

9.你比你想象的纯洁。

10.我们的教育比我想象的还要失败。"

如果只是青春的事，那么暂时苦闷一下，自慰时觉得"堕落"，那也无伤大雅。问题是，自慰可能会跟随男人的一生（对不少女人也是如此吧，为了论述方便，我就特指男人吧），自慰具有满足幻想、安全、方便、自给自足、毫无压力等无法取代的优点，若把它仅仅视为青春期的性爱替代品来看待，那么你毫无疑问会在婚后发现必然出现的第三者——他的右手，甚至可能是一根香蕉——据说把香蕉横切、适当掏空，可作为自慰神品。

你的男人性欲旺盛，你在特殊情况下满足不了他，若不阉割，只有四种办法解决，强奸其他女人、招妓、寻找一个情人、自慰。纵使你有万般不情愿，难道没发现最后一种是对你最有利的解决办法？既然无法切掉他的手，不妨将之视为3P，当作性爱的情趣吧。至少要像发现他私藏的成人杂志一样，假装什么也没看到。

从青春期到婚姻期，我们都应该知道，取悦自己的身体，那是最基本的人权呀，你不要继续侵犯丈夫的人权了。

祝开心。

连岳

2008 年 4 月 30 日

爱让我们有力气开放自己

连岳：

你好。也许看完信以后，你会像所有人一样会很鄙视我，那我也没有办法，也许我真的是很惹人讨厌吧。

不知道该怎么叙述，先说一下我的学业吧，我们学制是这样的，先在国内学两年半时间，然后出国学一年半时间，最后拿双本科文凭。我看中的就是这个专业可以出国一年半，可以离开我的爸爸。

也许说出来你真的会很不想看下去了，其实我很爱我的爸爸，很爱。我和爸爸的关系也很亲密——亲密到……真的已经亲密到极点了……

也许你会问起我的妈妈，我妈妈身体很好，人也很好，是传统的中年妇女，她和爸爸是一对传统的夫妻，一切都很传统……你知道的……但是爸爸和我在一起的时候会很幽默，很包容，也很喜欢尝试新事物……

我本来就是比较内向的人，可是初中以后，我发现自己越来越讨人厌了，我高中时期没有什么朋友，本来进大学的时候下定决心要改变的。我们大一的时候校区在郊区，开始一切都很好，可是没过多久，我又陷入了不可自拔当中。

从小到大都是我爸爸最宠我，从小学到大学爸爸一直都接送我上下学，小时候我很少有和同学交往的机会，大了一点以后好了一点，可是自从初中以后又变得很奇怪。我想是因为我和爸爸的事情，我也知道这样是不对的，可是不行。我是属于那种很用功但成绩一直不是特别好的类型，每次有挫折都是爸爸安慰我，和爸爸在一起很有安全感，身心都能很快乐。

明年的春天我就要出国了，本来我以为出国了距离能让我理智一点，可是最近，同寝室一个女生的爸爸因病去世了。我忽然联想到爸爸，我忽然意识到我不能失去爸爸，我拼命学习，甚至是我最不擅长的外语，想抹掉这种意识，白天我努力装出没事的样子来，可是对爸爸的留恋却越来越深。最近爸爸越来越忙了，我甚至不太敢跟妈妈独处。我一直都想我们一家人能这样一起生活到老该有多好。

每次在爸爸这里得到满足以后我都会意识到，这是不对的，病态的，然后就开始烦恼，一烦恼却还是想到爸爸……

我该怎么办，帮帮我，哪怕是带着鄙夷的帮助……

JONES

JONES:

　　父亲与女儿之爱，一直是个很奇妙的主题，它是女版的俄狄浦斯情结——女儿心里总是想杀了母亲嫁给父亲，在孩子还不知道乱伦为禁忌之前，声称要嫁父亲、娶母亲，一般还会唤起父母心里甜蜜的温情吧？据说在非洲一些原始部落，女儿天生是父亲的情人，视之为当然。

　　乱伦主题从古典时代延续而来，现在成为文明社会里男女情爱的最大禁忌。其中欲与禁的本能与张力，显然不是常人想象的那么平淡。当然绝对数量可能很少（这点手头没有统计数字支撑），但是一生物学方面的研究可以作为佐证，人不容易爱上（此处为性爱之爱）自己的亲人，是他们散发出相近的化学气味——正是这种"化学武器"避免了人类原来可能出现的大规模乱伦而导致种群退化。不过，这像其他一些科学研究一样，尚属可以怀疑的阶段。

　　不过，在爱情范畴，我们至少现在可以清楚地认定，乱伦之爱没有像走进锥形地道，越往前越窒息。乱伦一般被视为病态——这点倒无所谓，因为爱情某种程度上也是"病态"，把因爱情而组成的家庭功能全部分解，它几乎全在市场上可以买到，从家务到性爱，从谈话到尊敬。

　　而许多人拒绝将爱情悉数资本主义，甚至不惜付出伤身伤心、破身破财的成本。这是在爱情中人能获得有价值的感觉，人不再是这个毫无意义的符号。本专栏将按爱情知识化、科学化的做法，提供最新的精神病理学结论来证明这点：在各类心理、精神疾病的治疗中，药物的作用其实相当有效，一些症状得到明显缓解的患者主要受益于谈话疗法，有人专注地听你的任何想法，不制止你的谈话，没有一个"正确标准"暗示你调整观点与语气，你所想的全部可以说出来，不再被忽视，那是谈话者反而试图了解你，理解你，所以你不再是一个废人，病情就是在这种逐渐松弛过程中淡了，淡了……个人的力量感慢慢回归，然后不害怕开放自己。把描述中的"病"字去掉，它就是关于爱情的正确描述。说句题外话，从此再也不要嫌你的女人唠叨了，那是她正在爱你。

你与父亲的涉性之爱，让你逃避、让你自卑、让你觉得受鄙视，最重要的是，让你囚禁在与他的关系之中，这与爱的本质完全相反——你父亲抽离了你的价值，让你恐惧地闭合自己。所以我很赞同你在邮件开始的选择，在时空上都争取离开你的父亲，去认识另一个男人。

纳博科夫晚年与女儿同在纽约，不像其他父亲，他尽量不见女儿，尤其是一些重要的日子，生日啦，圣诞啦，这父女总是凑不到一起，他与女儿的联系总是很随机、很少、毫无规律。随着年纪的增长，他的"恶习"也加剧。有老友很吃惊，指责纳博科夫没有爱。纳博科夫说，不，正是因为我很爱她，我才要从她的生活中淡出，我这个老人随时会死，这样我的死才不会影响她继续生活，我不过是一个偶尔见面的朋友离开了，我不想让她感觉在纽约的人海中，我们两个人相依为命。

这才是真正的父爱。

开始自己的生活吧。祝开心。

连岳

2008年5月7日

前实用主义的陶醉时光

连岳：

你好呀！

你看这么多年这么多人的故事会累吗？实在
累，能撑一下看完我的信再累吗？

昨天晚上刚和男友分手，奇奇怪怪地开着
msn 戴着耳机对着话筒把以前觉得自己会很抵触
的事情就这么解决了。我是在一年前去那个国家
做交流的时候认识他的，也没什么谁先喜欢谁，
就觉得他安安静静的，和周围其他的人很不一样，
他之前也很少和亚洲学生交流，就这么在一起了。
刚开始一个人在外还是有点无助，认识他以后就
好多了，我们一起做饭，一起旅游，一起去附近
的树林散步，生活很简单，很自在，这几天一直
在翻以前的照片，照片上洒满阳光的感觉怕是再
也回不来了。

半年以后我回来了，离开道别的时候我哭得
稀里哗啦，好像办什么丧事，对未来什么都不知道。
过不久他说要来这里看我，顺便旅游，带他玩了

很多地方，很开心，直到现在最放不下的还是和他在一起最纯粹最快乐的记忆。在飞机场的时候依旧难过，每一次谁都不敢承诺说一定会去或者会再见，这样的距离在地图上都要画上很长一条线，何况十几小时的飞行。今年是我大学的最后一年，那时回来后就决定再申请那里的研究生。

但是，是我真的错了么？还是命运就这么爱开玩笑。这个国家所有学校都把我拒了，没有毕业的原因，当同班同学都已经申到美国的博士，我还在和这个国家的硕士苦苦纠葛，我试着跳出自己来看自己的时候也觉得有点好笑。今年申请那里的人出奇的多，大家不知为何忽然都喜欢上了那个小国，蜂拥而至，虽然我还有点自信不会比其他申请者差，但就是这样被判了死刑。我的执拗和坚定在现实面前有点不堪，还好当时申了周边其他国家保底，不至于落到哪里都去不了。我又把前面写的东西看了一遍，呵呵，不知道有没有说明白，不想再等一年了，还是决定去其他地方了。虽然离他那里很近，但毕竟不是同一个城市，自己冷静了很多时间，昨天还是想好好谈一下以后的事，曾经我们很享受眼前在一起的时光，曾经未来还是有一些让人向往的，而今却真的什么也看不到了。他说他也害怕那种每次只能在一起几星期几个月的日子，然后又不得不说再见。

2077505575887077

连岳，我有点累了。很向往你回信里那种青春想做什么就做什么的态度，我不是很喜欢这里，于是很想离开这个有杀伤力的地方，到喜欢的人那里，可我试了，做不到，或者我理解错了。去年在那里的时候我受洗成了基督徒，我想大概上帝想让我去一个别的地方，朋友说你以为上帝是认真的？上帝在搓麻将呢，呵呵，是不是我这个麻将牌被搓到地上了，还会被捡起来么？我情愿相信上帝是认真的，让我对今后还留有希望，让我还能为想要的东西作下努力。

本来昨天蛮好的，没哭，该流的眼泪已经流得太多收不回了，但今天给你写信的这会又想起了很多过去的事，还有将来可能会有的事，又有点陷在自己的思路里，木木地走丢了。我的故事说完了，一个人一生会有很多故事吧，不过上次看了篇文章，说的是人生的20分钟，人死后亲朋好友来参加葬礼，听牧师讲述你的生平，众人哀悼一下大概也就20分钟。不过还是很感激经历过的这段时间，过程很美好。没耽误你太多时间吧，我有点啰嗦，嘿嘿。

喜欢问连岳的包子

喜欢问连岳的包子：

从小一直受到我偏爱的侄女阿柠今年要初中毕业了，她什么功课都很好，就是作文不行——当然只是分数上不高，她强悍地按照自己认为的好文章标准行文——她的文字天赋在五岁时就让我惊叹。现在的升学是不容许有短板的，尤其是作文占那么多分，于是她的父母送她参加补习班。

前不久我们聊天时，她向我抱怨：那个作文老师，讲得太恶心了！总是叫我乱抒情，起头、过渡、结尾都有格式，说根据他改卷的经验总结出的高分模式。

她抛给我一个很难的问题。她从小知道我靠写文章为业——甚至经常能睡到中午才起床，要准时起床上学的她曾经愤愤不平——因此对我的专业尚存一丝尊敬。要嘲弄、否认她作文教师的八股也是件小事——挖苦才更是我的专业。不过，我不能毁了她的升学考试。

我说，按照作文老师教的写，怎么恶心怎么来，这样你才能得高分，考试是要写老师喜欢的文章，因此他的方法是最实用的。但是你在自己真实的表述中，绝对要踢开这种虚伪、矫情的文风，至少你知道这是一种最坏的文本。若有读者（或者你的孩子）要考作文，此建议也顺便送给你。

这其实也是我们对待世界的方法论。你得知道世界的游戏规则是什么，但是你又能保住自己最珍贵的核心——我们要像一粒蛋，你有圆滑坚强的壳抵挡、消解压力，但是蛋壳之内却不能臭掉，那是你的生命之源。

五月号美国《国家地理杂志》做的是中国特辑，其中一篇文章选了一个 15 岁的上海小女孩作为主角，详细记录她的生活，各种补习与训练、紧张而精细分割的时间，父母风闻且相信一切能提高孩子未来竞争力的传言，并以此指导孩子，甚至细化到她读大学里只能在高年级时碰到"合适"的人才能恋爱，低年级是绝不允许的——孩子往往保持沉默，而心里却有自己的想法。这种家庭几乎是中国所有中产阶级的缩影，他们遵循一切规矩，害怕踏错一步从而失去"未来竞争力"——其实这种状态根本没有未来可言。

现在恋爱的人，处境就像阿柠及这位 15 岁的上海小女孩一样（可能也大不了她们几岁），在成长过程中，已经有无穷多的规训，将她们捆绑在实用主义及一步也不能输的竞争中——这种逻辑的结果是社会上的失败者占了多数，因为竞争只有一个胜利者——用这种态度来衡量爱情，爱情就失去了最有魅力的神秘色彩，就像蒙娜丽莎不再微笑，却拧着眉头算计。

你这几年以爱为中心设计生活，那可能是将来最值得回忆的时光，我甚至觉得压抑的中国人在年轻时候就得为爱疯几年，在实用主义让你开始累之前，这是最后一段尽情陶醉的时光了。但愿你在未来也能记住，实用主义只是我们的一层壳，它不是我们的本质。

祝开心。

连岳

2008年5月14日

能不能只偷肩膀？

连岳：

你好，一直看你的专栏，希望我是你喜欢的那类比较理智的人。

两年前，我认识了现在的丈夫，在一些主观和客观条件逼迫下，与他结了婚。婚后我才发现，我与丈夫的价值观相差甚远，经常会因为一些小事爆发没有结果的争吵。我们两个又是同样的倔强性格，没有一方愿意去迁就另外一方。所以在争吵之后马上会陷入冷战。丈夫又是一个不懂得关心人的人，从来不会主动低头认错，跟我和解。这样一来，两人的关系急剧降温。我试图跟他沟通，希望大家能以平和的心态对待两人之间的矛盾，可是每次都会转化成另一轮争吵和冷战。我开始不愿意和他说话，因为说的越少，吵的机会也越少。

这样的婚姻，根本就不是我想要的。我自认为是一个懂得理解，关心他人的人，也希望有一个相互包容、相互理解、相互爱护的家庭。即使有矛盾，大家也可以好好沟通，一起化解。但是现在，这一些都是泡影。没人认同、分享我的想法，没人在我需要安慰的时候挺身而出，大多数时候，我只能独自默默流泪。有这样一个家庭，我宁可回到单身生活。

我痛苦过，挣扎过，最后还是因为很多客观问题，没能下定决心离开他。日子还是要过下去，我对付他的方法就是封闭自我，保持独立，什么事情都尽量不去和他说，不去和他一起做。有了烦恼也宁愿自己吞。实在要崩溃了就去找朋友聊天发泄，就像单身的时候一样。这样一来，我们的争吵倒是少了，但是对他的不满却与日俱增。

后来，有另外一个男人走进了我的生活。我和他在很久以前就认识，认识的时候他已经结婚了。我们之间的关系其实很简单，并不是俗气的婚外恋，只是靠在他的肩膀聊聊天而已。我会跟他说我的不快，他会以过来人的方式安慰我两句。我也会和他分享我的快乐，他也就跟着笑笑。我想，这是我长久以来希望夫妻之间有的一个场景，很简单，但是很美好。我不知道，他对我的想法是不是也这么单纯，我只知道一直以来积在我心头的压抑，都在这个肩膀上得到了释放。每次和他相处以后，我都会觉得人生很美好，对未来充满了希望。于是，我开始对那个肩膀有了依赖，精神上的依赖，而且越来越深。每次有烦心事，总会想去靠一靠，靠不到就躲起来自己哭，就像小女孩不开心了都希望父母抱一抱一样。

但我心里清楚，这种状态不是正常的状态，和一个男人结婚，却去靠在另一个男人的肩膀上。虽然，我心里不觉得对丈夫有任何愧疚，但还是会怕万一被人发现，无法解释，也怕我的依赖会从精神上转向生理上，那就是陷入万丈深渊，无法自拔了。现在的状态，只是我生活中暂时的一个平衡点，万一被打破了，我的下一个平衡点又在哪里？寄希望于夫妻之间的关系改善？或是希望自己变得足够坚强，不再需要依靠别人？还是会再有一个男人走进我的生活？

小土

小土：

　　十四五年前，当时住在单位的大杂院里，每家人住着两三个房间，鸡犬之声相闻，缺点当然显而易见，说话声音大点就等于在发表公共演讲。其中一对夫妻有家暴倾向，他们吵架时（往往是在夜里），被吵醒的诸位只能一起隐藏在暗处不敢出声，到语言暴力开始升级为肉体暴力的瞬间，方才冲出劝架——在不干涉他人私生活与维持公义的平衡点上，度很难把握。暴力是一种极端的交流，交流怒气与仇恨——这是两种有害的交流之一。

　　另外一种杀伤力更为持久的交流就是家庭里的冷战，如你自述"我开始不愿意和他说话，因为说的越少，吵的机会也越少"，不说话也是一种极端交流，交流漠视与憎恨——情人间经常吵架后短时间内赌气不说话，则不在此列，它是撒娇的一种，往往一个眼神，拉拉手就能化解，然后，然后……可能会有一个酣畅淋漓的性爱。

　　当时大院里还有另一对夫妻，双方都受过良好教育，不过，他们每天都彼此咆哮，让我们颇为惊叹。当时年幼无知，多管闲事地在私下担心别人的婚姻。他们后来成为我们的好朋友，一直恩爱到如今——虽然现在不是邻居了，但是他们的交流方式估计没有改变，还是靠"怒吼"吧。双方都习惯了这方式，知道对方其实并无恶感，反而会忽略某种形式上的"粗暴",很容易得到对方的有效信息。

十来年里,见的人多了,忽然发现不少长久的夫妻,交流方式都有点"粗暴",这可能跟中国人不擅甜言蜜语有关——许多善侃的人,爱将语言才能放在治国平天下,前几天有朋友跟我感叹,在北京,至少有两万个人以为自己可以当总统,我不同意他的观点,因为我觉得那里至少有二十万总统候选人——所以你很容易发现,丈夫对妻子,父亲对儿子,表达关爱却会以不耐烦的抱怨及严厉的斥骂作为表象。这当然不对,它沟通效率很低,我们这一代人,还是早早把嘴变甜为好,讨好一个身边的人。

可悲的是,在"无语"婚姻比例甚大的情况下,原本缺陷很大的"粗暴交流",都变成值得向往的浪漫了。得不到一夕情话,就改而渴望一次争吵——更可怜的结局是,你寻衅挑事,他却目无表情,连受虐都不成。当然,你可以找人说话,去偷一个男人的肩膀,这在传统意义上的罪错,自然要小得多,不过从对婚姻的否定力量来看,婚内的话语份额与婚内的性快感份额转移至外部,效果也差不多——我的意思是说,婚外有人倾诉并不是拯救婚姻的良策,而是使自己对婚姻更不满,加速它的死亡,如果你不想放弃婚姻,有效的方法是增加与他的话语。

　　一个男人要得到一个女人，一垒是宽阔的肩膀，二垒是温柔的耐心，你上瘾以后，迟早会到硬邦邦的三垒。不要指望有什么中间路线让你逃避。

　　祝开心。

连岳

2008年5月21日

爱情金刚经

连岳:

2006年的时候，我去当地的精神科看了医生，医生说，我有重度抑郁症，我并不感到什么，接受了一段时间的治疗后，觉得那些药物不能帮我制造快乐，于是我又离开了，跟舅舅借了钱，去了青岛，打算去北京的，但想在去北京前去青岛看看冬天的大海，于是，我遇见了他，他长得很漂亮，跟我一样，都是迷失了生活方向打算用行走来获得重生的人，那时我跟他的关系很暧昧，我倾听他的寂寞，然后再带着各自的无奈，奔赴各自的路。

但我俩都没有想象中的洒脱，离开他后，我没有去北京，而是辗转去了几个城市，我发觉我对他的思念有增无减，在此期间，我们还是一直有联系的，最后我把自己的想法告诉了他，他也很坦白地说了他想跟我在一起，于是，我们真的决定一起生活了，过年后，我们在一个城市终于定下来并过我一直以为的所谓安稳生活，他上班工作，我在家买菜煮饭等他下班，其间我也想过出来工作，因为我已经没有工作快两年了，但心中的惰性却一直使我犹豫不决，于是，就这样一直过下去，其实在这个过程中，我不知道我自己是否快乐，我每天的生活重心就是早上自己一个人到处闲逛然后累了就回家睡觉或者上上网，做好饭等他下班。他工作后也变得没那么在意我的感受了，常常会闷不作声，看着他这样，我的不安也就越来越厉害了，常常会情绪失控地哭，无理取闹，就是为了挽回他对我的注意，其实我心里明白，这样的戏码如果反复重演的话，只会把他逼得最后逃开，但每一次，我闹完后，都会哭着跟他道歉，他也就一次一次地原谅容忍我的情绪化。

连岳，在写下这些字的过程中，我理解他最后的消失不是没有理由的，我把一个爱我的人活活地折磨了这么久，用我的眼泪，用我的抑郁，有谁会承受得了呢？

开始的时候，我心里有过恨，为什么他曾说过他能接受我的情绪，接受我的抑郁，到最后，还是仓惶地逃离呢？但现在我好像渐渐地明白了，我不能总以爱为名，强行要他接受我的一切，他不接受，就代表他不爱我了，我伤心，我难过～

连岳，现在他不再跟我联系了，我的内心充

满了后悔，每次都是这样的，当我后悔的时候，
我就会做出很多傻事来挽留。就在昨天，我感觉
万念俱灰，觉得自己的世界算瓦解了，想到死亡，
我始终没有勇气跨出第一步去寻找我的新生活，
每一次的离开，其实都是逃避现实，连岳，我现
在真的很痛苦，很难受，我不知道前方的路该如
何走下去……我还是很想重新跟他在一起，但已
经太迟了，是吗？

小六

小六：

《金刚经》说：一切有为法，如梦幻泡影，如露亦如电，应作如是观。

少年时代读《金刚经》至今，在成为一个坚定的无神论者的过程中，我依然非常喜欢这句话。因缘造作的"有为法"，转瞬即逝，在佛陀的慈悲中，生死都只是轮回的一小段，男女情爱当然也只是无足轻重的悲欢。

可惜无论信与不信的人，都喜欢误读这几个字。是的，梦幻泡影，电光石火。人生如此，爱情更是如此。我们活不了多久。所以，我们就对此生毫不在乎，对爱充满了轻视。反正，一切都会消失。

不。正因为短暂，生命及爱才值得体验、记忆，当有人试图从你手中夺走它们时，你才会无所畏惧地反抗——既然生也有涯，那也意味着软弱之后可能再无机会坚强。

《金刚经》不是让人虚幻，而是让人充实。即使是我们这样耽溺于男欢女爱的凡夫俗子，它也能告诉爱情的某种意义。爱这种东西，是一个复合体，起承转合、无聊琐碎都在其中有一定的成分，它不是纯粹的美，纯粹的美只是其中容易消逝的一部分——少年的初恋为什么容易无疾而终？他可能看到小女朋友的指甲没有修剪漂亮就忽然兴趣全无。

一个成熟的人，知道两个人之间的爱情之美，就像这阵子雨后的玉兰花香，似有似无。当然许多人会走向另一个极端，既然连岳你说纯粹之美那么模糊，所以爱情终究是要走向平庸的——虽然这符合多数人偷懒的观点，可是我要说，你又错了——你看，爱情是一个多么需要思辨的概念，所以再强调一下，爱情是知识，不是怪力乱神——言归正传，这阵花香会淡去，可是下一朵花不正在开吗？只要两人相爱，你们就像一棵玉兰树，你们爱的"有为法"不正是无穷尽的花苞吗？要做的，不是执着于一朵花的持久，而是这棵树的健康。

我不知道你能不能挽回这段爱情，不过你从中得到的收获已经足够保证你以后的爱情长久一些："我理解他最后的消失不是没有理由的，我把一个爱我的人活活地折磨了这么久，用我的眼泪，用我的抑郁，有谁会承受得了呢？"怨大怨妇就是这么折腾自己曾经爱过的人，理由却是害怕失去，再也没有比这个更荒唐的事情了——不知是不是它如此流行的原因——某种程度上说，这正如指望强奸会产生爱情。

有人向我讲述她的爱情："跟你讲个我的小故事，在旅行回家的长途列车上我认识了他，怎么说，一个温文尔雅的男人，他的笑容我一直在努力记住（现在我很害怕一点点失去这张脸的记忆），那种笑容感染力是那么的温暖，我甚至渴望这种笑容能距我只有一个指头那么近。我以为经历那么多的感情上的风风雨雨我不会再心动，但我错了，和他交谈的那一刻起我心动了。一路上我们聊旅游，美食，风情，人文，聊得是那么的愉快和开心。我直视他的眼睛，我一点也不含羞，他的眼里是那么的干净和纯洁，我知道我被他吸引了，我控制不住自己，我很想去吻他（但事实我并没有那样做），这是不是就是一见钟情的感觉？我们聊天的时间显得那么的不够，因为要照顾下铺的旅客，我们到点就熄灯了。黑暗中，我回味着刚刚的点点滴滴，我在想他会不会和我有一样的感觉，我转过头去，看了看他那铺，他的头也侧着我的方向，但是他好像睡着了，黑暗里我看不太清他的表情，我只有慢慢地挣扎，想，明天早上我一定要问他要个联系方式！那个夜真的很难熬，我失眠了。

"天亮了，我也快到站了，他好像还在休息，我很不忍心打扰他，但是心里的澎湃按捺不住，我悄悄地走到他的床头，轻轻地拍了拍他的枕头，他迅速地回头是我预料不及的，但是我矜持地说了一句'我到站喽，我下车了'。他那张温暖的脸朝我点了点头，说'好的'。之后我就像个逃兵一样迅速窜下了车。"

她问我怎么办？她甜蜜，你痛苦，但都是爱神千面中的一面。答案是，某次特殊的美妙感觉，他的脸，她的香味，都会消失的，不过，如果你正确地爱一个人，这种美妙感觉会一波一波涌来，不必害怕它的短暂。一切长久都是由短暂构成的。

祝开心。

连岳

2008年6月4日

爱总是从羞愧开始的

（第一封邮件）

连岳：

您好！我是一个年近30的大学女教师，和现在的丈夫谈恋爱时，虽然对他不太满意，但始终没有放弃的勇气和魄力，恋爱好几年以后，还是结婚了。但我想，这也许为婚后的生活埋下了隐忧。

这个学期上课时，有一个男学生引起了我的关注。他有同龄人少有的儒雅深沉，又有课堂上踊跃发言的活泼健谈，也有当我偶尔看他时脸泛红晕的可爱。我发现自己竟被他深深吸引了，他是我一直喜欢却又无缘的那一类男孩。我开始盼着每个星期给他们上课的那一天，只要看见他我就很开心，他一旦缺席，我就会异常失望。我竟像一个小女生一样，陷入一种暗恋的状态。这让我矛盾和痛苦。一方面，作为一名教师，作为一个已婚女性，产生这种感觉令我十分羞愧，另一方面，我又为这种明知没有结果，欲说不能的情感压抑感到难受。

我隐约觉得他体会到了我的感受，所以他经常向我请教问题，也会在目光与我对视时脸红，不好意思。但当我热情洋溢地为他解答问题，并给他发了两条短信（只有两条，都是很自然的、谈学习的简短问候）后，他好像有点退缩了。可能被我的主动关心吓坏了；也可能我平时在课堂上讲了很多有关人生的大道理，他觉得我应该是个很理性的人，接近我是徒劳？也可能我进入他的QQ空间后，看到他的一些情感历程，他有些不好意思？也可能在感到他有些退缩后，我立刻变得十分冷淡，并故意对其他同学更加关注，让他有点不舒服？……我开始变得混乱和猜疑。但是当他有两次没来上课，我托其他同学询问他以后，他好像又重新变得充满激情，在课堂上积极主动地响应我所有的提问。我依然烦恼，一方面，我怕他或其他同学窥探出我的心思，而小心翼翼、不露声色，另一方面，我又希望他能在精神上与我产生共鸣，哪怕能与他在精神上相互爱慕，我也觉得是莫大的幸福。但我再也接不到他的短信和电话，在我的QQ空间上也很少发现他的痕迹。我很爱惜自己的声誉，也知道一些事情的利弊得失，但我又怀有对这份情感的渴望。我既有羞愧感，又被暗恋所折磨，陷入了矛盾、自责、渴望、猜疑的情绪中，难以自拔。我真的希望您能给我一些指点和帮助，让我摆脱不良情绪，重新回归到生活的正轨上来。

（第二封邮件）

连老师：

您好！我是小凡，刚才我已经给您发了一封邮件。但现在我还想补充一点感受。也许这个男学生本没有我说的那么突出，是我灵魂躁动，太怀念婚前，年轻的时候那种被不止一个人爱慕和欣赏的感觉，但婚后，随着年纪一天天变大，开始把这种感觉寄托在某个男学生身上，当男学生用亲切甚至热烈的眼光看我时，我就会很自信、很开心。如果我有这种感受，怎样才能避免它进一步发展呢，或者当年纪更大，不再能感受到这种目光的时候，我又该怎么克服落寞感呢？还有，这个学期结束后，我不再给他们班上课了，以后就更难有机会再见到他了，我可能会难过。我该怎么办？

总之，暗恋的折磨、寻找情感寄托的潜意识、对丈夫和社会的羞愧感，都是我现在真实的感受，我真诚期待着您能为我解析，谢谢您，连老师。

小凡

小凡老师：

这几年，美国的社会新闻里最热闹的就是高中女教师与男学生的性关系。三四十岁的女教师与一个（或者数个）刚刚性成熟的男生的故事，总是容易攻上媒体的版面，以至于引发评论者的羡慕，恨不得重新回去读高中——这种戏谑的调调很有意思，因为很多男生的第一个性幻想对象往往是自己的异性教师。

如果上面的文字让你想到许多亚文化里的故事，非我所愿。我的意思是说，高中校园里，老师与学生的爱情故事，不见容于世俗，但却是人类性幻想的最爱。这点说明想象与现实，有巨大的鸿沟——只有少数人才能跨越。这人是不是你？

不是。就算在美国，女教师与男学生的恋情被人踢爆，女教师都要身陷麻烦，学校不会跟她续约，若男生没达到法定年龄，则无论他的性成熟到何等程度，法律都要来替他讨个公道。在我们这儿，麻烦一点不会更小。当然，你是在大学校园，学生都已经成年，电脑硬盘总是用来向杰出的女演员致敬，但这不意味着与他们的关系可以降低风险——你反复渲染你的羞愧感与荣誉感反证了这一点。

裸露狂其实是最符合性象征。你要得到性，除了脱掉所有的衣服，还得不在乎主流价值观——以至于能把主流吓得尖叫一声，落荒而逃，你却能得到快感。

　　既然女教师与男学生的婚变恋情是非主流的（至少你完全同意这点），那么，要得到它，你除了脱掉衣服之外，还要脱掉主流价值——我不在乎身陷羞愧，我就是要把这男学生搞到手，以抚慰我的"灵魂躁动"——说实话，爱总是从羞愧开始的，向他，向她表白时，是何等的羞愧呀。我不知道大学的规矩，也许与男生恋爱就再也呆不下去了？但至少不是犯罪吧？你也知道这点，所以你会暗示这个男生——我猜想，如果他稍稍主动，你也许就从了——毕竟这听起来像是男生太调皮，不小心越了界。真讨厌。

　　爱情也是一场算计。我明白你的意思，你不想付出太大的成本，保住现有的一切，又无损名誉，却有一个男生来满足你所有爱的遗憾——他儒雅，他小心，他主动，然后全世界不知情——这种事发生的概率很低，对于多数女人来说，这只是白日梦。

　　祝开心。

连岳

2008 年 6 月 11 日

逻辑自洽的男女关系

亲爱的连岳：

我目前的主要问题是要不要继续跟男友交往，问题很老套哈。

相识相恋经过：同一所北京重点大学，大学毕业时认识，一起读研究生3年。毕业工作两年，毕业后不久两人共同买房子，目前已经同居一年半。未发生关系 -_-

男友：老实、单纯、非常少言寡语（已经很极端了，在人群中几乎不主动说话），没有太多朋友，没有圈子，每天下班按时回家，一年也许参加一个聚会。对我很好，很迁就包容，也到了很极端的程度（比如原谅我多次出轨）。目前在一著名外企做IT，交往圈也是和他差不多的人，所以毕业两年加上实习一年，他的性格几乎没有变化，也没有更融入社会。

我：双面，有活泼一面，也有内向一面，敏感，爱阅读、烹饪、美术，也是搞IT的，目前在一外企市场部，做咨询顾问。外貌中上，在IT的圈子里可能比较受关注。性格与男友在一起时比较强势。收入略高于男友。

双方矛盾：我始终感觉不到激情和爱情，觉得扮演了母亲、姐姐的角色。男友是高智商、低情商的那种，喜欢各种游戏和各种智力题、推理题，而且真的非常擅长。男友性格单纯，我由于工作与人接触较多，总感觉男友不够成熟。双方在聊问题的时候我经常觉得男友观点幼稚，而男友讨厌我教训的口气（抱歉，我实在知道不应该的，但是每天都面对弟弟一样看问题的人，难免气躁），所以现在对事情聊的也不多，免得说不到一起去，另外男友本来就不喜欢和我聊天，或者跟任何人聊天。

男友家庭条件不好，买房子双方凑钱出首付，男友家完全没有任何积蓄，10万都是跟亲戚借的，正在苦还。经济上始终感觉压力较大。

男友不愿吻我，唉、想想都想死。我也是很有异性缘的人，不知道男友到底怎么回事，可能是因为我是他第一个女友，他不太懂得怎么恋爱，可是连本能也不会？

从来没有深吻过，只有碰嘴唇的那种。男友不愿意。

没有性爱。我始终不愿意。因为从来没有一种情况两人都觉得有感觉有激情，连深吻也没有，我经常说不吻的 sex，是跟妓女才这样。

他有唾液洁癖，我有性爱洁癖，两个人住一起一年半，愣是啥也没干成。估计破吉尼斯世界纪录了。

男友喜欢饭后看电视，坐电脑旁边，我喜欢散步，每次让他陪我散步聊天都很费劲。后来我索性自己散步。

现在一人住一间，我觉得很舒服。

精神上、经济上、生活上，我感觉都不满意。

尝试解决矛盾：我多次尝试分手，均害怕一个人生活而恢复关系。有数年，我特别害怕孤单寂寞，特别想抓住一个人陪我，我想这是大学时候主动跟男友交往的原因之一吧。

中间我出轨了多次，有5个了吧（汗颜……），男友基本都知道，但都原谅我。他从没提过分手。

最夸张也是最后一次，我喜欢一个已婚的同事。后来结果很差了，当然是心理上的。表面上各自幸福，除了我们和我男友，也没人知道。最后一次有人看到我与他在街上牵手，告诉男友，男友还是原谅我，我那次比较感动。

后来真的觉得厌倦了，决定与男友好好相处。并牢记绝不再碰已婚者。

但是这事过了之后，两人生活平淡，上班，下班，我做饭，他洗碗，我散步，我看书，他坐电脑前研究股票或者上网，各自睡觉，又一天。
我感觉跟自己生活没什么区别。

拖着不结婚，也不分手。

始终不能分手的原因：有经济原因，有感情原因。有共同买的装修很好的房子，是我自己眼前负担不起的。房子真的很舒服，我舍不得放弃，有点不愿意回到租房的时候（没追求没志气……）。5年感情，还是有基础的，总是记得他大太阳下骑自行车汗流浃背地带着我，还记得两个人走遍北京的博物馆，一起旅游。两个人，5年，照片加视频在电脑上都存了10G了。

不是不惋惜的。

Maggie

亲爱的Maggie：

　　有个朋友在她的BLOG写过自己的情感心得，大意是说到因为自己从来不煮饭，所以有饭吃就长存感恩之心，不对煮饭的人指指点点——会这么说显然是饭的味道不行，我在家由于煮饭的人水平太高，就很少想到这点，只是出门吃饭时经常要抱怨大厨的水平不行——她的这句议论，似乎无心而发，也不小心说出了爱情知识体系的立足点——无非逻辑自洽而已，像其他的所有知识体系一样，只要自相矛盾了，就反躬自问，总是能发现自己偏见与苛求的源头，人都是凡夫凡妇，难免有缺陷，找到自身缺陷的过程就是成为神仙眷侣的保障，饭来张口的人，当然被剥夺了美食批评权，这里的自身缺陷就是自己的"懒惰"。饭来张口的人，往往都有发达的舌头，敏感的味蕾，现实中，他们才是家庭里尖锐的批评家，善于发现厨房里的不足。一念之差，找到他人缺陷就是成为怨偶的保障；一碗饭里都藏着爱情秘诀，爱情的修行无处不在。

　　幸福的公民社会，需要大量的职业批评家，他们不刻薄，权力就疲惫；而幸福的家庭，必须驱逐职业批评家，他们不闭嘴，爱情就疲惫。

　　回到逻辑自洽来说。饮食男女嘛，饭里可以参禅，男女更可见性。爱情的模式是开放的，在许多人的想象当中，偏远乡村对女性是相当压迫的，其实根据我搜集的一些案子证明，不得已之下，温暖的乡村能相当聪明化解三从四德的威严。比如在数十年前，性道德相当严苛，一些乡村的寡妇怀了孕——虽然科学不够发达，但是绝大多数人不会相信这是神迹，反而可以轻易判断出这源于一位男人的劳动——寡妇需要一位男人，从性到安全感，都是可以理解的，而以传统的观点来看，这样做却大逆不道，这些乡村的解决办法是：这个寡妇产子之时，必须请全村人吃饭（规定荤素若干），在这种经济处罚之后，村庄便原谅这对男女的过失，孩子也得到宗族的认可——如果是男孩，还会引发他人的嫉妒。既然现实中存在着"不洁"的性关系——某种程度上，它还引起旁观者的同情——那么，想个办法使其"洁净"便是逻辑自洽，全村人因此打打牙祭，显然是个快乐的解决办法。

　　逻辑自洽在爱情当中的价值，从遥远的乡村到我们现在寄居的城市，一直稳定增长。它同样也可以用来判断你男友值不值得留着。他除了性冷淡（一年半没有性爱，绝不正常），其他无法太多挑剔，至少在男人的平均水准之上。

　　祝开心。

连岳
2008年6月18日

芥菜籽里的快乐秘密

连岳：

你好！

我终于能给你用这种方式写信了，别奇怪，这对我不是件容易的事。

首先，我不会用电脑，其次我没买电脑，因为我一直对电脑有一种说不出的抵触（当然现在知道它的好处了）。所以，为了给你写信我练了半年时间，不过到现在也并不精通，我这个邮箱就是刚刚申请成功的，我很有成就感，别笑我。

第一次读"壹周"就记住了你的名字，记不清你是回答什么样的提问了，只记得当时我差点让你的回答惊得背过气，因为一直习惯了主持人的安慰式和模糊式的回答，你的一针见血的确让人后背发凉，从那时起我就成了你忠实的读者。

我五年前去看过心理医生，我老公不知道，医生当时给我做了一个心理测验，结果是说我这类人有很大的心理问题，但外表再正常不过了，而且我这种人通常不承认有心理问题，所以

154 | 我爱问连岳 3

治疗难度很大，医生让我回家把我从小到现在的经历全部写出来，我再也没去找过那位医生。而我的抑郁却有增无减，我知道让我抑郁的原因很多，不是一件两件那么简单，唯一能说清的是和我老公脱不开关系。我曾经非常非常爱他，信任他，信任我们的爱情和婚姻。我们是从一个办公室走出来的，他算是我的初恋，我非常满意自己的婚姻和爱情。尽管知道他是一个不受约束、不讲规则的人，但还是义无反顾。我是那种奴婢型妻子，为此心甘情愿，爱得毫无保留，爱得糊里糊涂，因为只想让他幸福，尽己所能，结婚14年了，我才明白他从没因为我而幸福过，那种绝望可想而知。我却不知道原因。我不止一次发现他有暧昧短信，还有一次发现了他出轨未遂（女孩没同意上床，让他等她心甘情愿的那天，那是个卖酒的女子，他的酒场多，也不奇怪）。我忽然开始绝望，对男人，对世界，你曾经说不要对男人失望，不要对世界失望，男人出轨只当他是一次自慰，可有些东西是当不了的。我无人诉说，也不想说，在这个城市我没有亲人也没有朋友，太痛苦了，就和他大姐说一说，我没疯，我应该庆幸。

因为工作原因，他的饭局特别多，一周大概除了周日在家，其他时间几乎看不见人，每天早8点出门，半夜能见人就不错了，每天饭局、牌局成了他的全部，绝望的是这种生活不知道什么时候是终点，他每天接触的男人女人都很杂，无论怎样我不能厌烦，他不允许我忧郁，在他看来做他的妻子我应该是最幸福的，我要说我不想活了，他能疯了。

我太累了，心累，身体累，精神更累，没人在意我的喜怒哀乐，有时想结束一切，但又不想给孩子的童年留下阴影，咬着牙挺着，不知道希望在哪。

晓冰

晓冰：

在情感专栏里浸淫多年的读者，这样的一封邮件，其中的苦痛悲伤，对他们来说，实在是算不上新鲜。而我当然又比亲爱的读者了解更多故事——有的离奇到上了大众媒体——可是这封题为"我的眼泪"的邮件，自我收到以来，就再也无法忘怀，这几天以来，我一直在想，我要如何劝解晓冰呢？

当然不是由于其中对我的恭维——我收到的恭维已经够多，多到没有感觉了——而是晓冰那"微小"的韧性。为了写这封邮件，这个绝望的人，可以花半年时间学习电脑——电脑已成为必备工具的今天，这是多么谦卑且"落伍"的经历——而这第一封邮件，又是语言朴实、平铺直叙的常见的感情困扰，然后寄给一个陌生的专栏作者，这一切看起来无望的努力，只是为了得到一个答案。

我们谁有她这样半年时间做一件小事的耐心？可能多数人都失去了，不过，多数人却有像她一样的痛苦。一样平白，一样普遍，一样让别人甚至没有听完的兴趣，是的，世界会残忍到要求你的痛苦都得有观赏性，连岳及其读者也会势利到只喜欢那些文辞过人的述说邮件——这还会持续下去，世界及媒体的本质不会改变，那么，就必须面对一个最直接的质疑：晓冰这样沉默的大多数，她们的痛苦就将不停轮回，如不灭的大火聚？她们的清凉在哪里？

她们的清凉在自己身上。现在已经有了许多聪明而自立的女人，男性威权、社会观感、强势传统对她们来说，已经像阴影一样，能打在她们身上，却毫无涂抹的力量，她们也会犯糊涂，不过清楚过来却有手术刀一样的解决办法，简洁、轻巧、迅速地切割——所有的女性（不情愿地补充一下，当然包括男性）都有这种手段，一直是我的梦想。而许多人，身上的阴影却像千斤重担一样，把她压得深深地弯下腰，于她们，轻逸地一跃来到新世界，如挟泰山超北海，如让股市一夜回到六千点，不太现实。

晓冰的邮件里已经说出最现实的解决办法，那就是以巨大的耐心持续解决一个小问题，学会电脑，申请成功邮箱，这种小事能让你享有成就感，持续增长的细小的成就感可能是我们得到快乐与幸福的不二法门。一点点建立起来的信心，就是《圣经》里所谓的芥菜籽。《马可福音》里说："神的国，我们可用什么比较呢。可用什么比喻表明呢。好像一粒芥菜种，种在地里的时候，虽比地上的百种都小，但种上以后，就长起来，比各样的菜都大，又长出大枝来。甚至天上的飞鸟，可以宿在他的荫下。"——这段话缺乏植物学常识，对其他种子的体积作了错误的估计，但是道理是对的——即使我是坚定的无神论者——任何大事物都是由小种子成长而成的——正常的男女关系也不例外。

晓冰看心理医生，学电脑写邮件，以孩子的福祉鼓励自己挺住——这里面体现出来的，都是简单有效的解决方法，继续下去，不仅能补足自己的弱点，更可以找到属于自己的乐趣，你以后绝不是一个连忧郁都必须由他"允许"的人。是的，很多弱小的女人，如果碰上一个错误的男人（或者这个男人逐渐变成一个错误的男人），她们是没有力气刮骨疗伤的（顺便安慰一下，女人长得不像关公，也是好事），那么，学会在这种局面里，学会放大自己的快乐，把这个男人由自己命运的全部慢慢变成一部分、一小部分、一微小部分……这样一个男人，逼着你找到自己，不也是废物利用，生态环保吗？

顺便将此文献给那些无法言说的女人——不情愿地补充一下，也献给那些无法言说的男性。

祝开心。

连岳

2008 年 6 月 25 日

等我，我老婆快死了

连岳大人：

　　本是急于厘清自己的问题，买了你的书拜读。渐渐看进去，心渐渐静下来。想到的却是妈妈。

　　给妈妈打电话是个任务，不打总想，打时又敷衍。

　　妈妈的消息，却总是从跟其他家人联系时得知的，比如她最近股票亏惨了，比如她搬了间房子租住，比如她还和姓郑的纠缠不清。可知我和她沟通的效率多么低。

　　姓郑的，是个教授，妈妈说，他有次病重，家乡后辈来看他，他很感动，对床边人说：好好努力，将来像我一样当教授。

　　在妈妈眼里，他是很有文化的了，而且对自己非常好。可是，姓郑的怕老婆，不敢离婚，说影响不好，说子女反对。可偏偏他要我妈妈为自己写的传记不慎被老婆看到，有他们热恋的细节，于是恶妇大吵，教授穷辩。结果仍然说离不掉。他就说恶妇身体不好，很快就会死的。要妈妈等他。就等。教授却忽然自己先得了帕金森症，脖子快不行了。他终于说他离不动了，要妈妈离开。我们也如获至宝地抓住机遇劝说妈妈另找。可另找的一个，据说最近也因为教授暗中煽动自己老婆电话那人"检举"我妈而告吹。神奇的是，妈妈又随着"等我，我老婆快死了"的咒语，慢慢挪回了他的身边。

妈妈的爱情有很多轮回，可每次都差不多。一个糟糕的男人，一点被妈妈无限放大的温情，一出闹剧。

我慢慢地回想，想起很多细节。

想起我刚高考完的那个暑假，妈妈有天清晨神色不对，拉着我就往外走。然后我们坐车到一个陌生的小区，妈妈先是跑到一楼一家阳台外张望，又赶到楼里咚咚敲门，里面一个女的应门，妈妈立刻急了说："刘准呢？"然后很久，那个男的出来。这个房子，他们一起买的，一起装修，家具一起办。最后那男的说，真的对不起啊，我们年龄差得实在远了。8年了，他刚发现这个问题吗？

又想起一次过年，妈妈拉我去给武伯伯拜年，妈妈打扮一新，去了他家，他曾是一个国企高管，也是当年跟妈说要带她去非洲当翻译的人，为了非洲梦想，妈妈断然离了婚，把家产和我给了我爸，要跟他走。那事后来不了了之，那人也缩回他原来的异地婚姻里。我们进门，他彬彬有礼，像当年一样，我也很有礼，坐一旁看着妈妈像笨拙又热切的孩子一样，找话题跟他聊，他却眼睛只看着我，彬彬有礼地和我问答着。

还想起，在外婆家住的日子，我初中，一天晚上，妈妈把睡得迷糊的我哄出小屋，睡到客厅的沙发上，然后和她的男友，一个我看来窝囊的男人进了屋。我很快清醒了，开始竖耳谛听屋里咯吱咯吱的床板声……

再往前，我还能看到最后在一起开店的爸妈，愤怒的妈妈飞了一个订书机过来，玻璃门碰啦碎了……据说那时爸妈认识一个月就结婚了，刚结婚我妈就发现爸的家境是编的，爸也很快发现成为岳父的领导并没有改变主意把他调回省台。

我不想回想了，连岳。我以为我已经过了这关，不再像大学时一样为妈妈的未来感到窒息，为某种连体的疼痛和恐惧而落泪。可我现在又落泪了。哭得一样惨。我怎么一点也没有成长？为什么现在去想仍有着揭疮疤的疼痛？如果是好不了的，为什么老要去揭呢？我想换无数个角度来看透这些事，脱离出来。我已经脱离到另一个城市，脱离得一年回一趟家，脱离得打电话也敷衍了事。我已经认识到我对妈妈，尤其是晚景的妈妈的重要，可行动起来，怎么就这么别扭呢？

　　我自己的爱情也是别扭的，除了小学玩闹的欢笑的初恋，整个学生时代我都把自己罩在罩子里。憋坏了，冻僵时，我遇到了现在的男友，我不满意，但结婚还是分手却很难想清。他不是个糟糕的男人，好友说她从没见过一个人这么爱另一个人，要我珍惜。可为什么在我生活有了起色，自身进步，开始遇到众多优秀异性时，我的心又那么不安定呢？

　　　　　　　　　　　　　　　　　慢慢

慢慢：

孔夫子说过一句心灰意冷的话："唯上知与下愚不移。"人类总体智力是呈橄榄形的，中间大两头小，只能教化不上不下的那群人。从你的描述来看，也许多数人会把你妈妈归类为"下愚"，一辈子都在吃同一个苦头。孔夫子还说了："举一隅，不以三隅反，则不复也。"——你妈妈的悟性显然不在举一反三之列，伟大的教育家孔夫子都不管，从理论上看，也是"下愚"。

人的智力与敏锐度，不得不说，确实是天生的——像你的分析能力，你妈妈可能没有——有人通过一个眼神，一句话，就大致能对此人猜个十之八九，这样上当的可能性就大大降低了。比如郑教授说"好好努力，将来像我一样当教授"。这句土得掉渣的自得可能会笑死刚刚上大一的女生，但对你妈妈来说，这就是文化。

拜托为了大学的形象，恳求我们的教授搞婚外情时雅致一点。

近来史学家发现爱因斯坦生前有十多个情人，他老人家拉小提琴，写情诗，发型又很酷——当后人知道他有双位数女性密友时，发出的感叹是：只有超强的计算能力，才能维持这么复杂的关系——你看，人家也是非主流多角恋情，却能免费为科学代言——数学不行，情人多了招架不住。

我的意思是说，爱情有时无关道德，它属于美学范畴。

郑教授的情话是"等我，我老婆快死了"。此言一出，这种爱情基本就是其他人的笑料了。在我们的记忆中，很多人到过一些肮脏恶臭的集市，在屠夫的案板上，有把笨重油腻的刀，几只苍蝇停在刀面的血迹上——郑教授的话让我联想起这个画面。而你妈妈会爱这把屠刀，那么，无论她具备多少悲剧元素，还是会产生喜剧效果。

对于旁观者来说，当然更加明确地知道，爱情不是粗活。我们至少得有能力把我们经历过的感情显得人性一点，有点爱与智力的含量。同样是郑教授那几个字，如果一个女人重新组织一下对另一个男人说："我等你，等到你老婆死了。"那就是隐忍温柔缠绵绝望的超级情话。

郑教授与你妈妈都不是细腻的人，只能把爱情搞得既不美学，又不道德。但有利他们的因素是，爱情最终是两个人的经验，他人的观感影响不了自己的快感，"等我，我老婆快死了"，成为两个人的长久的约定——搞不好都死在老婆前头——那也足够了，你这个容易感动、容易上当的妈妈，她的梦想、快乐、情人，一点不比其他聪明女人少，她容易受伤，也容易复原，她的爱死于一次失望，却热切地开始另一次充满希望的爱——这个笨拙的女人，某种程度上说，不是笨拙得挺可爱的吗？她会活得很好的，理由恰恰就是因为她笨，也认为别人跟她一样笨——这是笨人的福利——你就让她开心地等着别人的老婆死掉吧。你还是应该专心自己的爱情。

祝开心。

连岳

2008年7月2日

光阴的故事（一）

连岳：

　　早上好！不知道怎么说好，我就想到哪里说到哪里了啊，请你不要见怪啊。

　　这是我第二次给你写信了，第一次是三年前，那次有幸被你从众多邮件里翻了出来，不知道这次能否再幸运一次，不过已经不重要了，我也不知道即将回去的那个城市有没有《上海壹周》。本来也没想过要给你再写信的，因为我怕这个过程，怕回想过去的过程。可是昨天在书店看到了你的《我爱问连岳》，翻到了那篇《爱情从来摇摇欲坠》，三年后再次读来，仿佛在看别人的故事，我问自己这是我写的吗？我曾经经历了这样的伤痛吗？那刻觉得时间真是太伟大了，它虽然改变不了过去，却可以改变我们，进而改变我们眼中的过去。依稀记得三年前，我连死的心都有了，你回复的那期鸡汤因为无法面对，都只是粗略扫了一遍就丢进垃圾箱了(以至你的意思，我到昨天才明白)，而现在我却可以站在书店里连看了两遍(请原谅我的愚钝，第一遍看完之后没有透彻地理解你的意思）。开始我还犹豫要不要买那本书，因为买了的话，那个我不愿面对的伤痛会永远摆在我的书架上，不过最后我还是买了，因为我不想放弃一本自己非常喜欢的书，其他的，无所谓了。呵呵。

明天的这个时刻，我应该在长途客车上了吧。我把人生最美好的六年留在了这里，有很多舍不得，要好的姐妹，美味的小吃……当然还有《上海壹周》。六年前初出校门，两手空空来到这里时，是万万没有想到六年后又两手空空地走了，唯一不同的是多了无数的伤心，失落。对于那个我本该熟悉却又如此陌生的城市，我是一片茫然。俗话说：三十不学艺，而我三十岁时却要回到六年前，什么都要从头开始，我不是怕，只是感觉前所未有的失败。家里的同学早已经是孩子的妈了，而我却一无所有，没存款，没男朋友，更不要说房子、车子了。唯一的财富可能就是：我，爸爸妈妈，爷爷奶奶的身体都非常健康，这是这么多年来我一直用来安慰、支撑自己的理由。还好有这么个理由。

明天，新的生活就开始了，我会打起十二分精神来，热情要似这两天的太阳一样，去努力找工作，找男人。对了，送给了自己一份礼物，兰蔻的奇迹香水，呵呵，希望回去之后奇迹会早点降临在我身边。希望下次给你写信时不要伤感，而是兴高采烈的，比如说：连岳，我结婚了！连岳，我生宝宝了。呵呵。最后套一句你的话，祝开心，祝所有的人开心！

HELEN

HELEN：

先预告一下，下周也是《光阴的故事》，只不过，内容比本期还开心。

我找到你说到的文章，它发在 2005 年 11 月 2 日，那时，你的名字是 KATE，诚如你所言，你当时的痛苦远甚于今日："我和认识了三年的男朋友刚刚分手了，也许在别人这种事很正常，可是我却付出了沉重的代价。本来我们准备教师节认识三年纪念日去领结婚证，却因为一件很小很小的事吵了一架，也可以说根本没有事，可是却造成了无法挽回的事实，他逼着我去医院打掉了孩子，5 个月了，都可以看出是个男孩了。之前我怎么求他都没有用，我说只要不分手不拿掉孩子，我什么条件都答应，可就是没有用，他始终一句'已经这样了，没有办法回头了'。"

近来在一些采访中，类似的问题一再被放在我面前："几年来，你接到了各种不同问题的来信，你是否需要用遗忘来清理自己的内心？"说实话，这些问题让我伤感，我不太认同"清理内心"这个提法，是读者来信丰富了我的内心，与他们对话的过程，让我了解了更多的人性，他们不是垃圾，不是干扰者，不卑贱于你，他们只是平等于你的对话者。他们给我写信，把自己的事情信任地告诉我，我心里只有感激。

今天你的来信证明了这一点。跟许多读者的关系，已经有了时间属性，可以一起回忆一些细节，我视之为荣耀。你三年后依然一无所有，但是没有"去死"，没有与命运赌气，说"死了算了，如果死不了就好好活着"，精神上已经圆满自足，不须借助外力了——也许这是时间的礼物吧？

虽然爱情容易让人长吁短叹，寻死觅活，虽然悲伤的爱情故事是文艺作品的最爱，虽然伤情的女子楚楚可怜，可我还是一个乐观主义者，也希望别人成为容易开心的人，就如你现在一样，在前所未有的失败当中说："我，爸爸妈妈，爷爷奶奶的身体都非常健康，这是这么多年来我一直用来安慰，支撑自己的理由。还好有这么个理由。"

乐观主义除了不容易罹患心理疾病以外，它还是我们利益最大化的选择：一定要知道，世界是冷酷的，温情往往只会在你不需要温情时出现；乐观主义不是向这个世界献媚的主旋律，我们的目的也不是为励志小品文添一数量，因为绝望的悲观者第一步是放弃自己，而围观者（甚至围观者都没有，身边的人一步也不停）的议论里，这正是失败者应该做的事，他们除了赞叹伟大的社会达尔文主义以外，哪里会补偿你什么。你自己都放弃了，怎么还会有爱？怎么还会有奇迹？爱自己才是我们的奇迹香水，是我们唯一不败的立足点。

所以暂时的失败者最后的本钱就是开心起来，要靠这一点点本钱，我们再开一局。容易开心是上帝的礼物，容易开心是弱者的武器。

　　期待你三年后再来邮件。

　　祝开心。

连岳

2008年7月16日

光阴的故事（二）

连岳：

你好，曾写过一封信。那个时候的我，在与交往10年的男友的关系上纠缠不清。双方一直远距离恋爱，怀着小时候的感情，青梅竹马的恋情，顽强地去抵抗周围的质疑。随着各自环境的变迁，心理的、性格的成长，我发现了我们的差别。大学毕业的时候，我犹豫不决，这10年的感情，不能说丢弃就丢弃。但是如果继续，我又清楚地明白不合适。

所以我给你写了信。只是倾诉。也许诉诸文字，可以让我理清一些思绪。

现在，大半年过去了。告诉你也许你从来没有在意过的故事的结果。

我现在很幸福。幸福得连梅雨都爱上。嘿嘿。

我找到了一个人，在和10年男友分手3个月后。

其实虽然我谈了10年恋爱，但是我不懂恋爱。

10年中，在前任男友一遍又一遍的"这个世界上你再也找不到比我更爱你的人了""在这个世界上没有其他男人能忍受你的脾气"的类似于预言一样的告知之下，我在为人上再怎么自信也无法抵抗感情上的自卑。我觉得自己脾气很差、身材也不好、脸胖胖的、身体却太瘦了、懒……看，全身缺点，除了他，除了从小一起长大看过我最丑陋一面的他，谁会来爱我？我认定其他男人在追求我的时候，只是看到我所掩饰的表面，若发现以上的真实的我，肯定会离我而去。

这样的状态下，我维持了这么多年的长距离恋爱。我努力工作学习，游遍名山大川，感情，就先放在一边吧。也许就这样结婚了，就这样过一生了。

我的父亲和母亲，文化水平相差极大。爸爸说的话，妈妈基本上都不太能理解。更别说文化上的交流。看着父母的和谐生活，我觉得我与前男友，也可以这样过。只是，去年过年时在正式见过双方家长之后，我询问爸爸意见。爸爸说："我们现在老了，做个伴儿，也是可以的。只是这一生，感觉也并不是那么幸福的。如果不是当年那一场浩劫，我和你妈妈大概是两个世界的人。"这话让传统温柔的妈妈听见，肯定是很伤心的。但是我看到了爸爸眼中的那一点点落寞。爸爸希望我考虑清楚。

也是怀着"没人爱大不了以后一个人过！"

的信念，毅然地和他分手了。他很伤心，他到分手都没有明白，我所谓的"世界观价值观人生观统统不一样"的分手理由，在生活中到底有什么影响？！生活不就是过日子吗？你所说的那些飘渺的东西，你认为值几个钱？可以买一栋房子吗？

在经过长达一个星期的各方面各角度的解释分析举例说明之后，本年度最声势浩大的对秀才遇到兵的演绎落下帷幕。结果是，他认为这只是我的一个借口，也许我找到了更好的人，或者有钱的人于是抛弃了他。

我只能苦笑。也许我才是那个兵……连分手的理由都不能理解，这10年来我都做了些什么……

越解释不清就越想搞清楚……其实到现在我都还想跟他解释清楚，虽然知道木有用……算了。

好了，不说以前。说现在。

连岳我现在真的很快乐。很快乐。连写这封信时我都在笑。咧开我以前不敢大笑的嘴。

我找到了他。在怀着一个人过一辈子的觉悟下，我遇见了他。

他鼓励我，包容我。他欣赏我的理想，我的独立。支持我的信念，赞同我的观念，愿意与我一起奋斗。他觉得我的身材刚刚好，他不觉得我的胸小，他觉得我皮肤超好腰很软又很细。他觉得我脸胖胖的很可爱。他不觉得我的嗓子像男生，唱起歌来难听，愿意陪我一起唱。他觉得我不是女朋友，是个宝。我就是他理想中的女孩。

　　啦啦啦~~~~我很惊奇，同时我也超级快乐！

　　接下来我会好好珍惜他，好好和他在一起。一起努力，虽然我们现在没有什么钱，但是我相信我们会有未来。因为我和他都不差嘛~~~嘿嘿~~~开心中~~~~

　　唠叨了一大片，耽误你的时间了。如果能带给你快乐，我会更开心的。

Babylong

Babylong:

有些人虽然是人类中的一员，但是极其厌恶人类，在他们眼里，人类喜怒无常，悲剧的庄严持续不了，喜剧的笑声更不能让你尊重命运，人，不过是马戏团里的小丑。不过别担心，他们往往不是反人类的恶人，可能还会有大慈悲，卡夫卡就是其中一位，他有深爱的姑娘，两次订婚，却又两次解除婚约，因为卡夫卡无法接受婚姻带来的正常的世俗生活，他只愿意在他怀疑冷漠的城堡里加冕为孤独的国王。

扯一堆卡夫卡做什么？炫耀学问吗？——好吧，如果你非这么认为的话——炫耀之余，我得说，所有相信爱情的人，大概都还有些血色，愿意在人性里找到永恒、快乐这些品质——它们居住在哥特式尖顶指向的天空深处；它们流动于天使翅膀扇动的微风里——这种甜美是必须的，但我很怕它走向另一个极端的甜腻腻。海明威一辈子不自觉地在媒体面前扮演硬汉形象，现在嘲笑他的声音就慢慢大了起来，以至于《老人与海》也被讥讽为"贴胸毛"的作品——也就是说，以海明威的能耐，也无法长久待在某种高品质形象里，遑论常人。

教堂的尖顶之下，也许是死人的墓穴——这是真实人性的全景寓言，向上，我们可以成为天使，向下，我们只是可怕的骨骸，了无生气——有生气了更恐怖。我们既是希腊史诗里为了美人发动战争的悲剧英雄，也是闹剧里搏君一粲的无足轻重的小丑，我们是复杂的混合体——好了，对人性的这种领悟，有利于我们恋爱，我们得感谢谁？当然，除了卡夫卡，除了《上海壹周》，除了你现任的男友，还得感谢你的父亲——他多么老辣地告诉你爱情当中精神交流的重要性——重要得像性一样重要——还得感谢你那不知精神交流何物的前"兵"男友——他花了十年时间向你这个"秀才"详尽定义不可能仅仅凭熬时间就获得爱情——论资排辈已被爱情驱逐。

听起来像你奥斯卡的领奖感言？是的，任何一次成功的爱情都需要感谢之前的所有时光，你这三个月的幸福，它的时间维度应该从你父亲结婚那天开始算起，他的落寞再加上你十年的初恋，才让你有能力把握当下——严格一点的计算方法，还应包括你现任男友经历的所有时间，他也是经验累积的产物——以至于恰好能够欣赏你，一点不多，也一点不少。

爱情看似偶然，在这个平庸的世界行走，另一个你认为不平庸的人也认为你不平庸："啊，有这样一个人呀……"在这偶然之前，你身上的一切都指向了这一惊叹发生的时间点。你若没有"没人爱大不了以后一个人过！"的决断，又怎么能有另一个惊喜呢？也许你现在仍和前男友不死不活地将就，你们无话可说，枯木一般站立在街头时，或许你现在的男友正从你们身边走过，心里还想："好无趣的一对人呀⋯⋯"

不要害怕光阴流逝，不要害怕悲伤发生，不要害怕分手，不要害怕了解人性，这一切，都可能是为你让你更接近爱。

你让我很快乐。祝开心。

连岳

2008年7月23日

和衣而卧的性爱

连岳：

我的苦恼是对父母说了真话，结果伤了母亲的心。真话是关于性的，其他的真话他们都能接受。自我大二交男友后，我母亲就极尽暗示明示地要求我守护贞节，维护传统，不过，出于对身体的好奇，我没做到。对此我毫不后悔，因为正是接触了，才明白"性"在两性关系中不可替代的方面，它是严肃的探索，被赋予着准确的直觉。我交过两个男友，直至遇到即将成为我丈夫的这个爱人。

他是为我来到这个城市的，也在节日里专程去外地探望了我父母，他们默允了婚事，只等买了房子就可领证。偏偏在看房、买房的这段时间的相处中，父母和我们产生了意识上的分歧。在他们看来，这还没结婚，还不能有出轨之事；在我们看来，我们已经有，并且还将继续有，健康快乐的性。并且因为我们在往结婚的方向上走，所以这快乐不仅是合情，而且是合理与不违法的。

　　由于母亲日夜担心我们相处会"出事"，经常在电话中"逼"问，有一次，我实在忍不住，决定把自己解脱出来，告诉了她实情。

　　我母亲后来也承认，其实她大概能猜到，只是不愿让自己去确认。当她真的知道之后，精神濒临崩溃，一是恨我骗她那么多年；二是担心我被抛弃或被看不起；三是怕我身体出问题或意外怀孕；四是对她多年的教育产生挫败感。

　　最后她得出结论：我还不如继续骗她。

　　这真让我无比抓狂：我正是不想骗她，想给母亲以足够的尊重，所以才把自己最隐私的事情告诉了她，力求给她和我自己一个解脱，并且用过去、现在和将来的正常无二，来让她相信不按她想的去做，未必就会产生她不愿意看到的结果。不是说老一代的经验和传统没错，而是要相信我做的每件事都不盲目而且会负责。就算曾有危险，也已经安然度过，这是值得庆幸的事。

　　但她不这么想。她的逻辑让我很无语。母亲甚至说：你和男友因为要结婚了，所以我能理解你们俩在一起，也不怪他；我恨的是你和前面的怎么能随便在一起呢，这在古代等于已经嫁过人了！（我只能告诉她，如果我们都必须和第一个性对象结婚的话，那就早没我们俩什么事了。）我都可以想到，如果我和男友是第一次，她就会怪我没留到新婚时。总之，谴责的板子不是打在这里就是打在那里。

我想你也知道，在都市里，无论是不当真的，还是当真的，婚前同居都很普遍。有人称为试婚。但我的父母都不能接受，他们已经知道我们有了实质性关系，仍然坚称不能允许同居，无论多形式化的东西他们都视为应当。其实，我的很多同学、朋友都采取"骗"术，或许他们骗得好，或许他们的父母都很好骗，例如，真的相信两个人出去住一间房"和衣而睡"，而且每次出去旅游必如此；例如，真的相信女儿与同学合租在外，从来不去检查探望；例如，真的相信女儿在学校里借了一间宿舍，而只是"白天到男朋友那里过周末"。也许，"性"在父母这一代这里是可以隐忍和割弃的，例如我的父母认为25岁的我仍没有"性"不仅不奇怪、不令人可惜，而且是理所应当，并且一点也不痛苦的（这还是指心理上的痛苦，生理上的苦闷在他们是忽视的，哪怕他们是曾经感受到过的）。

最不可接受的，是母亲对我的那种"算了"的失望的论调。从来不曾让他们失望的我，竟然因为自己被证明是值得的性探索、并不随便的私生活，而带上了"污点"，好像要一辈子气短，欠他们。这真让我无法接受。

难道我应当也骗我的父母吗？和他们讲道理是否徒劳？

难道我的性，就一定要附带着对父母的内疚和惭愧？

我和我们

我和我们：

　　回你的邮件之前，老婆打电话跟我八卦，她所在的写字楼，有人从23层跳下，尸体刚刚运走，地上血迹仍在——每次听到这种事，我就会不自觉地想象这个人穿什么衣服，在下定决心放弃生命之前说了些什么，做了些什么，可能许多人跟我的反应一样，自杀会让一个人忽然成为旁观者的议论焦点。自杀是一个人掌控的秘密武器，使他有了对抗命运的机会。在反对自杀的议论里，这个比喻最有趣，如果我们是一个牧羊人，羊群里有只"羊跑跑"，忽然丢失了，我们肯定会相当失望与愤怒——而我们就是命运（或者是神）的羔羊，突然消失（自杀）僭越进了神的特权，是深重的罪孽。

　　人生自然要面对种种对抗，抗拒无聊，抗拒压迫，抗拒无知，抗拒让我们不幸的种种观念，抗拒他人侵入我们的爱……人难免要成为一个战士，在对抗中明确自己的势力范围。但我从不认为人应该暴烈地对抗，自杀以及"精神自杀"都应排除在外。我们若像个永远的斗士一样板着铁青的脸，那我们坚持的真理也显得相当寡淡——所以在成为一个批评家之前，我们得先养好自己的幽默感，有自嘲的好习惯。在按照我们舒服的体位去爱之时，要知道有人除了天使式，稍稍变换体位都有负罪感。

　　在我和我们之外，有无数的他和他们——问题于是来了，这两类人的关系如何处理？正如你的处境，一个对性爱有正常认识与体验的人，妈妈偏偏觉得她应该将第一次留在新婚之夜——说不定第一次太开心也会被她骂，那样似乎太"淫荡"了，简单地说，她的性观念就是除了身体由女儿演出，其他一切都应该和她一样——未来的女婿好像一下娶了母女两人，不过心里可能并不领情吧？这类人在中国有很多，如果其中不幸有我们的父母，那么，怎么办呢？当然前提是再多的对抗都不能让自己不舒服。

所以不要尝试改造他们，在事实的震撼面前，多数人并不会改变自己的观念，而是觉得事实错了——你说我们这一代的性观念已经改变了，不觉得性对女人来说是丢脸、羞愧、恶心和贬值的事情，我们觉得性是自然的、快乐的、自主的，是让我们爱情与婚姻更健康的有尊严的行为——说白一点，没有婚前性行为，我们甚至无法检测出对方是不是性无能——莫非她从你这儿听完《现代人道主义性学部分入门》，就会羞红老脸承认："老娘错了，孩子，过你们自己的生活吧！"你这么做，与"自杀"无异，无法挽回地沦为她彻底的对立者。因此潜意识驱使她羞辱你，指望你浮出悔恨的表情从而衬托她的正确的痛心疾首，这是自然而然的反应——脑子不清楚的父母几乎都是如此，不然，他们就不会打听成年孩子的性事。

是的，正确的方法就是对不可言说之事保持沉默，追问得急了，你很多同学与朋友的"骗"术是唯一有效选项：妈妈，我们和衣而卧谈人生呀！女儿的清白绝不丢失！这个"骗"，就是温和的对抗，有效的改良，他们是过来人，哪会不知道男女之事？这一骗，觉得孩子的定力高过自己当年，想必是自己教育的功劳——而你放下电话，放声大笑。这就是两代人的默契，捅破这层纸的危险像面临自杀抉择一样让人痛苦。说实话，他们让我们一起"和衣而卧"，已经是进步了——性爱时披件衣服有什么难的？划不来跟老家伙较真。

祝开心。

连岳

2008年7月30日

光阴的故事（三）

连岳：

你好！看你的专栏有四年了，当时还在和朋友的越洋电话里提到你的文章。看过许多的访谈和专栏，常常想说："见鬼去吧，生活不是这样运作的。"只有你的专栏是从真实的人的角度，来讨论人的烦恼，让心暖暖的。

我第一次结婚，正如所有的第一次，难免因为经验不足而犯错。我嫁错了人。以前父母不允许我谈恋爱，要求我是处女。我还是谈了三次恋爱（在谈恋爱的年纪），也不是处女了。我嫁的人有处女情结，美其名曰"传统"，却无可考证他是否处男，诸多的迹象表明他不是。从蜜月开始他就对我冷淡。其实人的恶不需要任何借口，只不过有了借口就可以名正言顺地欺负我。开始时他们一家逢人就炫耀新儿媳知书达理，人见人爱。背后的小算计却是从结婚前就开始了。后来也不夸我了，从背后的诋毁到公开的羞辱也不过两三年的时间。我曾说过："让我们像人一样地生活，不然就离婚吧。"可是到我提离婚的那一天，他还是不明白我为什么要赶离婚这个"时髦"。感觉这家人像极了柏杨先生描述的酱缸里的蛆，不幸的是我也在酱缸里。

我的婚姻烂掉了，整整两年都在想如果离婚失去我的孩子该怎么办。后来想通了，大不了再婚再生。有一天听到一句话"Don't be afraid of what you will lose"，是关于工作的，我一下子想通透了。人家不给我爱，不给我钱，也可以不给我孩子来折磨我，那我还有什么东西可失去呢？离婚很干脆，我赤条条离开了他们家，幸运的是我的孩子和我一起离开。然后昭告所有朋友，一些人急着要见我听我倾诉。可惜我实在是心花怒放，开心得让他们打消了要见我的念头。谁愿意看别人比自己开心呢？我也衷心地为他妈妈和妹妹开心，他过去花在我身上的1%的时间和在孩子身上的1%的精力现在完全回归给她们了。不过我前夫还有个遗留问题：性需求却是她们解决不了的。

我真的很幸运，离好婚就遇见了我现在的老公。他喜欢我的直率，认为是我最大的优点。他欣赏美丽和聪明的女人，我在他眼里几乎全能，上得厅堂，下得厨房，在床上也颇有情趣。重要的是我可以做百分百的自己，真实的我是如此有趣，难得有他欣赏。自从有了他，我自信更足，几年下来不仅没有变老,还更漂亮了。三十几年来,第一次谈了场不受干涉的恋爱,我的感情我作主,感觉棒极了。其实恋爱一点也不难,如果我的猫也会写字,它们能轻而易举地写上一篇关于爱和被爱的散文。人类把自己搞太复杂了。我的小胖子狸猫见人就打滚和打呼噜,还有问必答,要不爱它都不行。

这个故事想与你分享。开心和不开心都只是生活一个片段,往往记住的是不开心,像很多你书中的故事。我想开心。

祝你开心!天天开心!

白果

白果：

先说一句题外话，光阴的故事系列可能还会不时继续，这些老友一样的来信者往往会先恭维我的文章和书，我听了心里暖洋洋的，但是考虑到读者感受，可以删的话一般会删掉，可是有些删了却会影响下文，不得不保留（以后给我的甜言蜜语都要这样说呀），为了防止你认为我自己在打广告，我请求你，如果你原来决定买我的书，看了这样的话，就不要买，这样我不会有心理负担。

好了，言归正传，说是有个小孩，生下来就没说过话，种种检查发现他的发音器官一切正常，智力也正常，父母无法可想后来也放弃了。到了他十岁那天，有天中午吃饭忽然发声："汤太咸了！"父母大喜过望后又大惑不解："你会说话，为什么原来不说？"这个酷小孩的答案是："在此之前，一切正常。"——所以不需要语言。

我们其实每天都会碰到不正常的事，不会运气好到十岁才喝第一口太咸的汤。几百年的科学社会的唯一方法就是"试错"，错了证明此路不通，一直试到解决方法出现为止。用这个方法，我们得到新理论、新产品、新方法以及——新娘新郎。试错法也间接证明了我们碰上的"错"总是比"对"多，最后遇上那个对的男人，也许要经历许多"错"的男人——反之亦然——这也很简单地可以将"处女情结"证伪：一件注定只能给第一个性伴侣的东西而且不可再生，那就不能作女性的价值衡量标准。

终于结婚生子，是不是试错法就到此为止？显然不是，光阴的故事，这些邮件就说明人一直要做决定，即使结婚以后我们也要不停地遇见需要纠正的错事，两个人幸而白头偕老，那是这两个人有充分的理智解决"错"，找到了"对"——也许有人会说，不是的，我爸就是靠揍我妈取得权威的！是，不过，你不是长大了吗？长大以后周杰伦都会唱"不要这样打我妈妈"，谴责他的父亲。婚姻的暴力时代已经结束了——无论是肉体的还是精神的，暴力不再有决定性了，因为文明婚姻的重要概念就是它可以"纠错"，当两人面临着"错"无法形成共识时，他们是可以散掉的，只有以为离婚是赶"时髦"的老古董，才想当然认为一个女人嫁给自己就签了终身契，可以任意羞辱——这样的家庭是必然要虐待儿媳的，因为没有十全十美的女人，所以慢慢地，他们总会觉得自己的儿子亏大了。

当然，错误的成本谁都需要承担，越快找对人，越快过上快乐的生活——于是需要爱的常识，需要《上海壹周》的情感专栏——如果我们没有运气好到在青春期就学到爱的常识，概率论也不允许大多数人第一次就撞上一生相守的人，那么发现错误后迅速改正就是更重要的常识与方法——只要是严重的错误，你一定能发现，此时，就看你能不能做决定了。我知道很多人不敢做决定，但是懦弱的人多并不能用来否认勇敢者的价值，此时，白果的想法才是终止不幸的唯一正确选项，"Don't be afraid of what you will lose"，你能失去的，就是错误。

爱一直要做选择，而正确的选择都会得到爱神的垂怜。

你放心，你前夫一家几口一定能看到这期专栏。让他们抱头痛哭吧！让他们恶毒诅咒吧。

祝开心。

连岳

2008 年 8 月 6 日

我们为谁活着？

连岳：

　　你好，在左岸书屋里看见了《上海壹周》你的专栏竟已装订成书。于是拿起来一篇篇地翻看。其实，每个人的故事大抵相同却又那么不相同，生离死别，爱恨情仇，山盟海誓，一一看下来。你的文字是叫我惊诧和钦佩的，往往几句的劝慰便会让人在艰难的岁月里，笑出泪来。只是，终究只是文字上的提点和鼓励，真正做决定的永远是自己。可以同情，可以关怀，可以恨铁不成钢，却无法替世间的男女做决定，于是，这样的文字，就会有一种无力感。这个世界，需要拯救的人，有那么多，能有多少人，可以不依靠别人，独自走出困境，然后坚强生活？可以做到这样的孩子，是要叫人拍手叫好的。

　　忍不住将两本《我爱问连岳》买了下来，坐在火车上的时候，看着看着就不自觉落下泪来。其实，有故事可以诉说，无论是痛苦还是快乐，都是件很幸福的事情。有所经历，那么生活不至于一片空白，无所牵挂和眷恋。和朋友说，每个人都有每个人的故事，如她的，如你们的，即使有时痛苦却都在努力爱着，而自己是连爱的勇气都不曾有过。时间过得很快，慢慢地，青春不在，美丽不在，爱你的人不在，开始失去爱人的能力，是有多恐怖？总说，其实很多话，不必说给每个人听，很多话，只能说给懂的人听，因为只有懂你的人，才可以明白话里的真正意思。就像我现在给你写信，期望你可以明白我话里的意思。似乎是只要有人可以懂得，就觉得自己不属于异类。呵呵。

我的生活平静富足安逸幸福，所有人都对自己很好，自己也努力做到别人眼中的善良和完美。只是，渐渐入戏太深，然后就只顾及到观众的感受欢乐与否，原本的模样是什么样子，竟已渐渐忘却。从来都是太过理智的人，无法轻易地爱，无法轻易地交出自己，无法轻易地为着一个什么人，失去骨子里的骄傲和清绝。所以，或许一直以来的孤单，也是自作自受吧。依旧相信爱情，只是，如若找不到一个与之拆招的对手，那么即使身边陪伴的人多如牛毛，依然是孤单寂寞的吧？所以，这样一路走来，任凭周遭人世变迁，我却依旧倔强地独自前行。只是，偶尔还是会觉得难过，如若真的存在命中注定的那个值得等待的人，我的坚持与笃定，才算有所意义，若不存在呢？

"幸福的本质在于我们敢于作出决定，而不是只作出正确的决定，那些永远不敢作出决定的人，从来不会作出错误的判断，但是却越来越不幸福。"这是你说的，而它是我的症结所在。

做个美丽的女子并且相信海誓山盟，我一直在努力，只是害怕，这样的努力，最终落得落寞收场。

空白格

空白格：

　　这封邮件打动我的是这句话："其实，有故事可以诉说，无论是痛苦还是快乐，都是件很幸福的事情。有所经历，那么生活不至于一片空白，无所牵挂和眷恋。"——我们应该在任何时候都明确自己是个"幸存者"，无论在什么时空，那些"逝者"都占绝大多数——我模糊地接触这个道理是在20岁时，那时候在一个偏僻的乡村中学当了一个月见习老师，每天要走半个小时路去学校上课，路边是猪栏、牛栏，路上是各种动物的粪便——当然这种乡村常见的场景并说明不了什么，直到我见到一个非常漂亮的小女孩，她独自坐在路边的石头上，拿着小圆镜子欣赏自己，脸上似乎全是笑意，这时候跑过一辆卡车，泥路上扬起的灰尘笼罩了我们两人——我于是想到，这个小女孩以及我班上许多聪明的孩子，他们可能很难逃脱命运的灰尘，以后得重复他们父辈的命运与偏见——这个漂亮的女孩，成为女人后，仅仅因为没能生一个儿子，忍受夫家的责骂，也惶恐地觉得绝了人家后，满心罪恶感。

　　这些人，全是"逝者"。虽然他们活着。

　　到了27岁时，读到罗素先生的比喻，他说有些人的命运像"沙漠里的雨"——假如沙漠里下了一场雨，没有任何人看到这些雨滴，那么，我们就可以说，这些雨并不存在。

　　我们不是沙漠中的雨滴，我们的泪水像雨滴一样落下，嘴里尝到它们的咸味，旁边有个人六神无主——于是，我们存在了。这也是为什么人类社会趋向于都市化，而且是超级都市化——像韩国、日本这样，全国的人口一大部分都是首都居民，像上海这样人口相当于许多国家——在这种都市里，我们希望找到自己"更大"一点的命运，就像外省文学青年巴尔扎克所说："巴黎，我来了！"都市看不到畜生的粪便——只不过它们都塞在一些人心里——在都市里，人一样会被命运的灰尘淹没，成为活着的"逝者"——而且淹没得更为彻底。

爱最深层的原因是为了证明自己的存在。

有一个人爱你，你的存在就有一个目击证人。我们为什么要按自己的意志作选择？为什么不要活在别人的影子里？这一则是"幸存者"的责任，既然我们需要面对自己的自由意志，那么已经是我们的幸运，很多"逝者"的症状就是自由意志已经冰凉。更为功利的原因是，我们最容易讨好自己，自己误解自己的可能性低一些，如你所作的相反选择（我相信也是多数人的选择）——"努力做到别人眼中的善良和完美"，似乎是牺牲小我的精神，实际的结果却是花最大的力气将自己分解——就像大口喝硫酸一样——它几乎不可能完成，你无法了解接触的所有人，人群之中也必有矛盾，你讨好一些人的代价是得罪另一些人，想讨好所有人的结果就是所有人讨厌你——也许有人会说，我只不过是讨好我的老公，以他的意志为意志……

让我告诉你吧，一个男人，终日面临一个自己的无鸡鸡版复制品，他在奴役的同时只会厌倦，更致命的是，你不可能有存在的感觉，你连最微小的命运都丧失了，"渐渐入戏太深，然后就只顾及到观众的感受欢乐与否，原本的模样是什么样子，竟已渐渐忘却"。活着活着，把自己活死了，成为"逝者"的一员，这不仅是爱情，也是人生的寂寞与悲凉吧？

为自己活着，按自己的意愿活着。这是幸存者宪法。

祝开心。

连岳

2008年8月13日

真美呀，时光暂停一下吧

连岳：

你好！按道理该叫声叔叔，但鉴于你的年轻心态我看还是免了吧。

从我自己说起吧。今年高考完毕正准备进入大学。我挺早熟的，性方面很开窍。比起大多数天真无知的同龄人来说，我可以说是懂的很多。自己找书籍解答疑惑，生理心理都有涉猎。班上男生不清楚的事会找我探讨，讲荤段子绝不会漏了我。情色片色情片没少看。但这所有一切仍然只是形而上的纸上谈兵，形而下的实战经验为零。

正因为我的早熟，我清楚地认识到我是个性欲强的女生。至今为止依然是处女身，反倒让我有些沮丧，干着急呐。特别想找个人赚赚经验值，可认真考虑人选还真有点头疼：大街上随便拉一个网上随便抓一个，不等于我挖好陷阱时刻准备着往里跳嘛；把身边对我多少有意思的朋友拉上床吧，说白了是解决我自己欲望的途径，又不喜欢人家，朋友都做不成，不划算。现在看见了单身男生脑子里就在转：我把他成功弄到手又不会横生枝节的几率有多大？我挺可笑的不是？

看过你的书发觉向你倾诉是个好选择。不留情的狼牙棒也好，给个薄面的痒痒挠也罢，我这个思春哦不是发春少女:-)急需高人指点。奥运期间逼你工作实在不厚道，多多包涵。

一二三

一

连岳：

看你的专栏也有四五年了。我现在18岁。伴我成长的，不是《读者》，不是《萌芽》，是《上海壹周》。所以，我想我算是在青春期就学到爱的常识的幸运之人吧。

我是90后，但是我很主流。在还算优秀的高中，做还算优秀的学生。可能让有些人惊讶了，但事实上，在我们的学校，爱，或者是恋爱，是很正常的一件事。各种形态的爱，因为吸引，因为寂寞，或者什么其他。应该说，爱本来就是正常的，尤其是这种年纪。只是我们足够聪明，不会弄出什么乱子，打扰到老师或者家长大人们。

我自己呢，进了高中，就没有再爱了。就我初中仅有的两场恋爱来看(没错，是恋爱)，我也许是那种很不可爱的女生吧。我害怕，害怕面前的人不够爱我，害怕自己的付出白费，害怕在爱里太认真的那一方，会变得卑微。于是我表现得很强势，只接受，不付出，甚至不承认自己内心的感觉。于是在这种自我折磨中，我也只能放弃了。这应该不是不成熟的表现吧，我觉得，随着长大，这种感觉只有越来越强烈。我也知道这不对。

高中里，我不是那种豁达主动的女生，也不是漂亮到吸引眼球，于是就沉寂了，在所谓的最好的青春里。但是，有时候会想到，现在都不恋爱，以后还有这种能力吗？是不是会一直沉寂下去呢。这不是少女的祈祷，是一种真实的恐惧。

当然，大部分时候，我还是理智而乐观的，毕竟生活中有很多很多美好的事情，爱自己，就很好。我读佛经，我相信该来的东西总会来。生活着，等待命运一点点展开，本来就是一件有趣的事。

我写这封信，因为今天拿到了那本《我爱问连岳 II》。突然就感觉到时间了，光阴的故事，这也可以算吧。希望有一天，我再想起这份邮件时，我会笑现在的矫情和幼稚。

也希望你能一直写下去。

祝岁月静好。

ELODY

一二三&ELODY：

　　真是羡慕现在的高中生呀，他们有连岳。想当年我读高中时，连岳也只是个高中生，无人可以诉说。——开个玩笑，自恋一下。

　　我常想，我的情感专栏得写到什么时候呢？总不能玩到自己垂垂老矣吧？一个对异性失去欲望的年纪可能没有资格写情感专栏了，像歌德一样永远给下一个小姑娘写情诗又非我这样的离群者做得到的。这两封邮件也许给我暗示了一个时间点，到这些高中生长成之时，也许就是我休笔之时。她们对自己的身体，自己的感情，态度是何等的松弛，像牡丹花下打盹的猫。

　　她们现在已经开始自我对话了，将来内心的声音只会越来越清晰，穿过周围嘈杂的背景音。她们可能是有自己声音的一代人，瞧不起假唱，也不屑对口型。就算不是美女，也不觉得自己无法接触人性。这真是让人开心的事情，也许他们的父母看到这些真实的邮件会大吃一惊。原以为仍然需要自己庇护的小孩，早已在寻找自己的爱情，面对自己的欲望，接受自己的欲望，控制自己的欲望——在他们眼中，许多父母可能活得相当狼狈。当然，真正参透父母之道的人应该长出一口气，足够聪明的一代人出现了，他们不会"打扰到老师或者家长大人们"。不是乐得轻松嘛。

　　在文化进化里，时间或是线性的，年纪大一点的人，可能在进化的高阶段，比如前几期《光阴的故事》告诉这些孩子爱情是在现实压力下的选择——它需要力量、需要承受可能的失败，更重要的是，需要时间。而文化进化里的非线性，有时候却相反，我们要从孩子身上看到自己缺少的东西——我们应该找回与魔鬼梅菲斯特对赌的勇气。

时间这样的不可再生资源，我们浪费了许多的后果往往是接受庸俗。我们求爱多年以后会掌自己一记耳光：原来爱是不存在的。发这种感叹之时，请顺便伸手摸摸自己的屁股，没错，你会发现毛绒绒的一条，这尾巴是你进化不彻底的标志。

上文提到歌德终生对异性保持热情，这个特征像浮士德博士——这位穷尽了一切知识的天才，在自然科学、哲学、医学及神学体系里，发现他并没有体会到为人的乐趣，于是与魔鬼梅菲斯特订下协议，如果他能化解自己心中的不安并体会到喜悦，那么，死后的灵魂就属于梅菲斯特。即使有魔鬼的法力相助，浮士德也得经历人生的种种苦难，在100岁时，才说出那句话："真美呀，时光暂停一下吧！"

亲爱的两位，爱确实在你们面前慢慢展开了，在它的尽头，才是那句话："真美呀，时光暂停一下吧。"

说完这句话，浮士德博士就死了。但愿爱的魔鬼能在人生的边上用这句话收割我们。无论现在是什么年纪，有爱、能爱的人，我们在哪里相会吧。

祝开心。

连岳

2008 年 8 月 20 日

爱情不是找小姐

连岳：

我一直认为如果对一个女孩感兴趣却不敢去向她表白是一种很懦弱、很不男人的行为，我也觉得年轻人应该勇于表达自己，应该敢爱敢恨，我欣赏《老友记》里面人物的爱情观。于是在工作以后，当我看到在同一个公司工作的她时就决定一定要约她出去，她是那种典型的江南美女，雪白的皮肤、清秀的脸庞。其实我刚认识她的时候想法很简单，就是觉得她很可爱，我只是想尝试一下跟这种类型的女生谈恋爱的感觉。

后来我们真的相爱了，她非常非常地爱我，而且说她什么都不在乎，即使跟我去乞讨也觉得自己是最幸福的人。她是一个非常简单的乖乖女，但其实在我的观念里，这种家长眼中的正常的好孩子才是压抑了自己本性的不正常发育的人，我跟她讲家长对我们没有任何恩，我跟她讲上司为什么那样处理事情，我跟她讲华尔街的资本家怎么样剥削中国的农民（出于自己没出息的虚荣心，用这些小伎俩来骗女生，我也觉得自己很龌龊）。有时候我觉得自己有点像黑客帝国里面的黑客，正在将她从一个虚幻的世界里拯救出来，但是我没有意识到在中国简单的相爱、敢爱敢恨是一件多么困难的事情……

我们恋爱以后，我才知道原来我们公司以前有那么多人追过她，很多高官追过她，很多人向她暗示自己买了豪宅，然后再约她出去，然而她不在乎那些，她在乎的是感情，这让我这个刚刚踏入社会的愣头小子非常受宠若惊……有一阵子她家里亲戚给她介绍了一个29岁的小老板，据说很有钱，她那阵子心情很郁闷，但是她郁闷的只是亲戚对她的不理解与不尊重，她从来没有怀疑过我们的感情……

但是我却越来越害怕起来，我才24岁，我要与这个女人共度余生吗？我喜欢跟她呆在一起，但是想到以后就后背发凉。我渴望的是自由自在的生活，我不想现在就背起买房还贷的包袱……而且恋爱快一年了，我对她的身体已经渐渐失去了性趣，我喜欢高大性感的辣妹，不喜欢细皮嫩肉的淑女……就像陶喆歌里唱的，爱和情欲纠缠在一起，我不知道该怎么选择。我曾经很坦白地跟她讲过，说我对她的身体其实不怎么感兴趣，她甚至允许我每季度出去找一次小姐……我不知道自己现在跟她在一起是对她的尊重还是不尊重……

我不能离开她，她为我放弃了豪宅、跑车。如果我们分手，她的那些保守的亲戚会怎么说她？公司的那些同事会怎么说她？我非常珍惜她对我的纯洁的感情，可是我对她的身体却不怎么感兴趣……我快矛盾死了……有时候觉得很幸福，有这样的女朋友，有时候又觉得自己如果现在就把工作和感情都确定了自己一辈子就完了……或许我的幸福感仅仅是因为带她出去在朋友面前有面子，或者就是能够体验到"还是有人真心真意爱我的"。

我真的迷茫了，前几天看了个尼古拉斯的电影《居家男人》，寓意我可能没看懂，我只记得男主角选择所谓的爱情和选择自己的奋斗有着两种截然不同的结果……

24:

作为一个男人，我很佩服你在爱情当中的议价能力（是的，爱情某种程度上就是一种谈判，高手能够达成更多目标），我想，可能很少男人能够让女友应允其"每季出去找一次小姐"。名正言顺让对方成为慈禧太后签下条约的，还是凤毛麟角，况且这个女孩还是许多人的梦中情人——尤其是许多SB同事得不到的她！

我也很佩服这个姑娘，喜欢一个人，就毫无偏见地听取他的真实想法，即使自己的身体被忽视——这对一个有着"雪白的皮肤、清秀的脸庞"的"典型的江南美女"来说，是一种严重的挫败——但是这却打击不了她，她也许是最无谓的慈禧太后——成为慈禧不是那么容易的，你至少得有辽阔的土地可供出卖。"出卖"这个词用在这个女孩身上，不太适合，毕竟你们是在自由意志下商谈的结果。

两个我佩服的人当中，到底谁能赢得这面爱情金牌呢？当然我会给那位姑娘，这与我的女性主义立场无关，相反，却是因为我太了解男性。你只是一个正常的男人，而她却是一个奇女子。从你的来信来看，你会接受我的这个结论。你不爱她的理由是对她的身体不感兴趣了，这很充分，在这种情况下依然声称自己在爱，那是彻底的虚伪，对谁都不人道，大家不过二十来岁而已，全是欲望。困扰你的是，放手让这姑娘走，你会成为众人眼里的SB。嗯，饶是你精通华尔街的资本家的"剥削术"，也要喝面子论的传统洗脚水。这就不酷了，真正的NB，不怕被别人视之为SB的；只有真正的SB，才害怕别人叫他SB。

男人有将女人（尤其是漂亮女人）视为自己私产的习惯，这表现在一些男人强烈反感自己的老婆或女友打扮得漂亮一点，扣除小气的因素，动因就是防止她太抢眼从而引来竞争者。其实女性打扮自己的功能主要是取悦自己，但愿男人知道这点，而且一个男人害怕自己的女人太漂亮，这未免有失尊严，难道我们不值得一个漂亮女人爱，要把她变丑以般配自己？有些很土得掉渣的东西可能会换个新潮一点的方式出现在爱情当中，于你来说，聪明得理解自由意志的重要性，那就得知道，这个你不再爱的可爱的女人，得还她自由，不能继续利用她爱自己的心理捆绑她——哪怕你这个选择在别人眼里是SB。其实有本事接受自己的想法，放弃一个人人认为不可放弃的女人，这不正是所谓的NB吗？

是，也许你以后再也碰不上这么好的女人，不过，你已经不爱了，你对未知充满好奇，这只能说这个女人过早出现在你的生活里，你没有运气长久得到她。爱情不是收藏女人，别人觉得价钱高就得紧握在手里——只有找小姐才会这么做。

分手时，她仍然漂亮，仍然有大把追求者在等，你不觉得，这时的你，分外善良吗？怎么会SB呢。

祝开心。

连岳

2008年8月27日

来上一节悲剧课

连岳：

　　从我初中开始，我就睡不好，原因是总是有人半夜躺到我旁边来，没错，那个人就是我爸爸。而事情也没你想的那么简单，我半夜醒来是被他摸醒的。每次醒来我就会大叫，刚开始我告诉妈妈，但我没说爸爸摸我，我只说他总是半夜跑到我房间，妈妈就说爸爸和小女儿睡觉有什么关系。

　　好，那我自己解决。我的方法是从那开始我锁门锁窗，可让我想不到的是爸爸还是能每天晚上都来，我怕了，最后不敢睡觉，终于知道原来窗户的锁根本就是摆设，一拉就开，他就是从窗户里爬进来的。最后，我选择住校，并不止一次地说如果他再来的话，周末我就住到外婆家去。

　　可我也不可能总去住外婆家，你也许会问为什么不告诉妈妈，我不知道，反正那时候是没告诉，我不知道你是怎么看，我的妈妈是个单纯的人，是我从小到大都想保护的人，所以我就是没有告诉她，而现在告诉她也晚了。

为什么说晚了？我已经 21 了。我爸爸这样的"行动"也终于在我上高二的时候结束，我以为他是良心发现了。

可是，事情并没有这样结束。一年前我经历一场痛苦的失恋，爸爸就开始从言语上来骚扰我。总之，这一年里他不停地给我洗脑。天啊，天啊，天啊，我是大学生了，不说有多智慧，但我有自己的思想，关于恋女情结这样的事情不是没听过。可，连岳别跟我说这是正常的，你就是杀了我我也不能自己去实施。我宁可死。

而他每次喝多了酒就给我打电话，然后说我残忍。

这样都算了，我想我就把他当作我的苦难，我一直刻苦地学习，希望自己有了经济条件就搬出去住。可，连岳，我的爸爸，是亲生的爸爸，我们开始冷战，可我不在乎，我是愿意和他冷战的，可他在乎。他开始和我妈妈说，说老了靠我靠不住，说我没出息，说我对他冷淡让爱我的他很失望。而妈妈，我那什么都不知道的妈妈，就会对我失望。

连岳，这样的事情，我谁都不敢说。我若和我亲密的朋友说我爸爸想和我做爱想得发疯！他们会怎么看我的爸爸。我不愿意自己的爸爸在别人眼里是个变态。

同时，如果不和妈妈说到这些细节，这些真

相，她依然会觉得"一起睡觉"那是爸爸女儿正常的亲近方式。每次妈妈质问我"为什么对爸爸这么冷淡？"我都低头受教，对"因为爸爸想和我做爱"这样的话打死我也不说。

我不知道你会怎么说？有的时候，我也会说，他都这样了我还顾忌什么。可到最后还是会想"他毕竟是爸爸"。

我目前的想法是，我会尽一个传统的女儿该有的义务，在我工作他老了之后赡养他，我是学法律的，这是法定义务。可别要我跟他谈什么爱不爱的问题，我觉得恶心。

可他想不通，他边和我冷战，却不停在我妈妈面前控诉我的冷淡和不孝顺。

不敢睡

不敢睡：

一直犹豫要不要回你的邮件。犹豫到期间开掉一个奥运会。

这样的事，会不会让我的读者崩溃？不是因为雷，而是源于人性的黑暗。当人性永远比想象的还要黑之时，我们会不会觉得做人其实挺可耻的？

这样明艳的地狱烈焰，会不会轻易烤焦人人心中的娇嫩的爱的花叶？

也许会吧。

不过，想了几天，我忽然想到，我为什么要想得比自己的读者更聪明呢？我经常看这样的故事，看了六年，我不是越来越平静，越来越柔软，越来越相信爱吗？

我不是越来越坚信一个人的爱情才是拯救自己的诺亚方舟吗？多数人拯救了自己，这个世界不也得到拯救了吗？

因为天堂就是地狱的镜像。它留着明艳，却冷却了温度。

谢谢你到现在仍然是个心理健康的人，一个从初中就生活在恐惧当中的孩子，是如何坚强地自我保护，自我生长。这让我看到了人的韧性——其他人，有什么资格脆弱呢？

一个变态父亲的女儿，在经年累月的性骚扰之下，独立之后，仍然想到的是尽传统女儿的赡养义务——其他人，又有什么资格仇恨呢？

谢谢你告诉我们，我们必须面对人性的黑暗，我们必须面对悲剧，我们可能会艰难地独自挣扎——最重要的是，我们能赢。

我们必须上一堂悲剧课。

这样我们才能从悲剧中感知到独特的美感。

好了，接下来是你得改变的行为，你的悲剧课似乎上了很久，但是其实你离毕业还差一步，你跟其他人一样，认为承认悲剧会毁坏这个世界，所以你比你的父亲更维护他的名誉。你不愿爸爸在别人眼里是个变态。

父亲绝不可能是变态，这个似乎是父亲的特权，没错，绝大多数的父亲是不会性侵女儿的，但碰上这么一个变态，就更是摊上概率极小的悲剧。

被生父性侵是悲剧，让别人知道生父是个变态，这也是悲剧。你却绝不承认第二个悲剧。

你马上要做的，是明确地让你妈妈知道，你的父亲是个变态——这也是向你的妈妈尽孝，不让妈妈生活在变态身边，不是女儿应该马上做的吗？必要的时候，应该向更多的人（包括警察）展示真相，以获取保护。就像在公共场合受到性骚扰要及时大声喝止一样，你一体现出公布的决心，想必能威吓他。

还有，你是学法律的，别白学了这门手艺，你的法律不能用来增加自己的安全，你还能指望用它来救人？义务是相互的，你父亲完全不尽自己的义务，甚至是一个长期侵害你的罪犯，

我不认为你有什么赡养他的义务。想和他保持所谓的热络的
"非冷战"关系，我觉得更是一个荒唐的选择。这种人，由他
去死是唯一正确的反应——即使你是一个善良的人。因为，善
良不包括善良地受伤害。

祝开心。

连岳

2008年9月2日

我们的死亡教育

亲爱的连岳：

我想或许每个人的承受能力不同。我想告诉你，这一期的故事（连岳注，指《来上一节悲剧课》）没有让我崩溃，我甚至也不过于震惊，更没有脆弱或仇恨，只是感到有些不能安宁。

在我们的内心深处，或许都渴望着永恒的平静，但是这条路不好走，也许又长又远，也许看不到尽头，也许，一辈子都找不到。

关于缺失的父爱，关于人性的黑暗，我只是又知道的多了一些。我不想慷慨激昂，就让那些感受扎得更深一些吧，让我与她一起体会痛楚。

我想，我们不太容易改变他人，但是有权利维护自己．我是那种披荆斩棘要走自己路的人，或许会失败，但却总想着要赢。

所以，艰难是不可避免的。

糟的是，我是个不喜欢倒苦水的人，我希望能把一切遭受过的苦楚化为最甘甜的泉水，想让别人听听叮咚作响的美妙声音。

这样是不是有些自虐?

(连岳注,此处删去一段)

所以,每一位来你这里倾诉的人,那些斑斓的故事,在我的心里点亮了一盏盏明灯,犹如把这缤纷的世界倒映在我的心里,由此构筑起来的多姿多彩一点也不逊于外在的世界。

因为这样,我一点点地更爱自己,而我又发现,在一个人足够爱自己之后,才会知道自己要什么,才会朝着那个方向走,这样的路,是不悔之路。

或许我们在选择的过程中,难免要伤害一些人,他们阻挡得越厉害,就会伤得越重。这也许无法避免,除非你甘心被囚。

每个人一生下来,就没有自由,身处的环境不由自己选择。我们无论做怎样的举动,都是为了除去身上的重重枷锁,找寻属于自己的爱,获得内心恒久的宁静。

甘泉

甘泉:

　　删去一段是夸奖我的话。我得反悔一下,以后夸我的话语,我将尽量删除,哪怕会影响上下文的文气。我不是个谦虚的人,很享受赞美——这些话我看起来都觉得贴切,不过这资讯只对我有用,所以还是让我一人看到好了。

　　《来上一节悲剧课》之后,有读者到我BLOG上批评我,认为我不应拖延回复那封邮件。我理解这种急公好义的心情。不过,我不遗憾自己的决定。早几年的时候,曾经收到一位姑娘的邮件,完全是家族遗传病史的叙述,然后询问解决办法,我看了挺着急的,因为唯一的解决办法是去看医生,于是急急地回了邮件建议她去医院。结果收到她愤怒地回邮:"你他妈的才需要看医生!"

　　不知姑娘后来病情如何了。这事给我的教训是,你认为最合理的出路反而会触怒当事者,让他反感地跳得更远。这也让我明确了这个专栏的主要讨论者是那些置身事外的读者,它的作用是什么?除了我能得到稿费,最重要的就是甘泉所说的"所以,每一位来你这里倾诉的人,那些斑斓的故事,在我的心里点亮了一盏盏明灯,犹如把这缤纷的世界倒映在我的心里,由此构筑起来的多姿多彩一点也不逊于外在的世界"。

　　所以我一有机会,就会感恩一下来信者——我希望这个专栏的读者也持这种心态。在很大程度上，这个专栏的重要作用就是让我们接受死亡教育。爱情的死亡教育。

我们只能经历一次肉体的死亡——而且再无机会醒回来梳理感受，又不是拍僵尸片——但是爱情的幻灭一定会经历数次，正如你所知，在这个阶段，许多人开始不相信人可以爱另一个人，这就是爱情死亡教育的失败。我们在青少年时期想象的爱情，一定是从童话、从言情小说、从经典的爱情小说、从自己的想象中得来的，它的破裂是必然的，那时候的心理，与死无异。

我们得面对这个死亡，接受这个死亡。否则，你就会得创后综合征。肯尼迪遇刺当天，美国的小学有些老师组织惶恐的孩子讨论这个话题，有的老师则采访回避的态度（孩子，没事的！孩子们，肯尼迪总统还活着，你看到的是假象），前者看起来残忍得多，可是事后跟踪，第一时间尝试着去理解死亡的孩子，心理反而健康。

有人爱以撒娇的口吻跟我说："我再也不相信爱情了！你说的我全不信！"

抱歉，我不是你妈妈，没办法把奶头塞进你哭嚷的嘴里。这就是典型的创后综合征病患，爱情的死亡对他打击太大，又没及时调适回来，所以一听到有人说"爱"字，他就气得浑身发抖。

所以得感谢这么多人述说自己的幸与不幸，他们还原了一个真实的爱情。我们身边有得是悲剧，我们身内也有悲剧的种子。一切妙不可言的东西，比如爱情，都像冰激凌一样，死亡正在溶解着它。

你会喜欢永不溶解的冰激凌吗？无论爱情这次在你身上消失得多么快，都不是否认爱情的充足理由。爱情的死亡教育，是为了告诉你，相信爱情是得到爱情的第一步。

苏联大诗人阿赫玛托娃，丈夫被处决，儿子又蒙冤入狱，而当时官方对她的评价还这样冷酷："不知是修女还是荡妇，更确切地说，是集淫荡与祷告于一身的荡妇兼修女。"她是绝对的悲剧人物。有次她去监狱探望儿子，在等候过程中，一个悲哀的女人走到她面前，问她："我们还得相信美好的事情吗？"——由此可见当时苏联人文化水准之高，他们认得出被放逐的诗人——阿赫玛托娃说："是的，这是我们对抗悲剧的唯一方法。"

命运没有给阿赫玛托娃足够的时间，1966年，77岁的她死于心肌梗塞。可是，所有等到了幸运的人，他们最重要的动力就是相信美好的事物——当然其中包括爱情的力量。

这种相信，我们幸运地在身边的许多人身上看得到，他们看过人性的黑暗与人生的悲剧之后，会像甘泉一样说："我们无论做怎样的举动，都是为了除去身上的重重枷锁，找寻属于自己的爱，获得内心恒久的宁静。"

是的，如果你不相信爱，那么悲剧就吃定了你。

祝开心。

连岳

2008 年 9 月 16 日

以爱养慈悲

连岳:

记得15年前的一个清晨，石头对我说:"天堂里的人用长勺互相喂着进食，满足而幸福，而地狱里的人用长勺喂给自己吃，因为勺太长而不方便进食。天堂就好比如果向对方付出感情，我们就会感觉幸福快乐，而地狱正好相反。"他无限期待地问我:天堂还是地狱? 当我轻轻地回答"天堂"，那个少年骑着自行车，一边笑一边去上学，带着我们共同的秘密。经历了11年的恋爱马拉松，在同一个城市读大学，工作，同居，买房，结婚，买车，旅行。在这个过程中，我们一起成长。我们都曾出轨过，我在精神上，他在身体上。我们抱头痛哭过，短暂地分开过又和好。我热爱旅行，天性浪漫，他陪我去了国内的无数景点，东南亚数个海岛，还有南半球，北美洲。在我们的旅行计划里，还有更长的列表。我喜欢美食，他烧菜给我吃，和我去外面吃各种大餐。他也有很多自己的爱好，篮球，高尔夫，我都支持他。我们一起泡音乐吧，逛街，参加聚会活动，别人都说我们是最模范的情侣。他每天上班前会亲我，满足我喜欢听到情话的需求。在幸福和浪漫的同时，我也认识到在婚姻里除了爱，还有责任，因为经历过波折，我发誓要一辈子爱他，维护我们的婚姻。我的梦想就是和他一起变老，养两个孩子(我们有外国居留权)，在年老的时候还能一起在海边繁星下喝酒聊天听海。我感觉现在的生活就像阴霾散去的晴空，就像鸟语花香的天堂。

可是上周六晚上，石头提出了分手，我们已经讨论了几天，我痛哭了几天。我第一次觉得他的想法固执又荒谬。他说他同样觉得目前的生活幸福快乐，人生已经死而无憾，未来的梦想也是伸手可及，既然如此，何不结束这段生活开始一段新生活，这样人生才能够更加精彩。他让我当他已经死了，而临"死"之前，他还是很爱我的。他说这样的想法是受释迦牟尼传记的影响。他说他厌倦了只有幸福和快乐的生活。他说他是自私的，比起对于新生活的向往，爱和责任又算得了什么。他说我是个优秀的女人，一定还会找到爱我的人。他说他的一辈子可以结束了，开始新的生活是他的信念，如果这次不能实施，过了5年或者10年，他一定还会要实现，那么对我的伤害会更大。

　　和我讨论这些的时候，他看上去很平静，在过去也没有任何的思维异常。连岳，你说他是走火入魔吗，因为释迦牟尼传记而着魔？

哭泣的蓝色百合

—

连岳：

　　上个星期曾经写信给你，几年来看过每期你的每一篇文章。可是这一次，因为事情发生在自己身上，能够吸取的鉴戒和鼓励就格外多。除此之外，我也说服了老公石头一起去看了心理咨询，专家直言不讳地建议我：爱他，就放手吧。我们貌似无比幸福的15年，尤其是在婚姻中的四年，确实荒唐（每年都有动摇婚姻根基的大事发生）。我也终于明白，没有什么是不变的，包括男人在少年时代的诺言；婚姻里如果缺失了责任感和深层次的思想沟通，那么剩下的真实只有亲情了。如今，我对于婚姻非常依赖，对他的感情也非常依赖，愿意为爱妥协，向左走，向右走，都可以，但石头去意已决，那么爱他就只能放手了。石头一如他的名字，沉默、内向、温情，在他终于厌倦了这段婚姻和爱情时，潜意识中的感情又让他需要一个理由说服自己，于是编制了一个自创的理论和说法：他觉得目前的生活幸福快乐，人生已经死而无憾，未来的梦想也是伸手可及，既然如此，何不结束这段生活开始一段新生活，这样人生才能够更加精彩……他让我当他已经死了，而临"死"之前，他还是很爱我的。他说这样的想法是受释迦牟尼传记的影响。他说他厌倦了只有幸福和快乐的生活。

爱他，就让他走吧。我在哀伤地鼓励自己。下个星期，他就要搬走了，屋子里从此只有空洞而没有温暖，离婚将是这段初恋童话最后的结局。无比的心痛和哀伤，一半是因为对他的感情，一半也是因为对自己未来一个人生活的悲观。石头，是我的初恋。现在我已经31岁了，在幸福了15年后，终于也走入了大龄剩女的行列。今天凌晨四点从梦里醒来，还记得在梦里我非常饥渴，却得不到满足。今天中秋，我一个人做饭，第一次这样孤单地过节。今后，这样的梦魇和现实一定还会有很多很多。

哭泣的蓝色百合

哭泣的蓝色百合：

　　把你两周的来信合起来回吧，它们并列在一起，就有自己独特的价值，我看到你们尝试一切合理的解决方法：尽量保持平静的讨论、请教心理医生、从执着到放下、从依赖婚姻到一个人做饭——改变很难，但开始得很健康，而且两个人都从分手里得到最重要的东西，尤其是你说出"爱他，就让他走吧。我在哀伤地鼓励自己"。孤单地告别恋情之后毫无恨意，这是我们的爱情中最罕见的成分——当然类似的文字在抒情文章里可能常见，但是他们说一万遍都不如一位当事人的自述来得珍贵。

　　"爱他，就不让他走""爱他，就在分手处开始恨"，这是凡尘俗世里红男绿女最常见的爱情认识，这其实不合爱的逻辑：似乎爱就是让我们有正当的、坚韧的理由仇恨一个人。我当然相信恨一个人可以给他制造不少麻烦：泡三鹿奶粉给他喝，直接往奶里下三聚氰胺，甚至白刀子进去，黑刀子出来——为什么不是红刀子呢？因为他是个黑心肠的负心郎嘛！

　　恨就像三聚氰胺，只是我们体内的一小部分，它却让我们成为毒品。我们一次又一次恋爱，分手了再次碰见爱人，这种爱的化学反应，难道是为了产生恨吗？显然不是，你的男友常提释迦牟尼，并称受其感化，佛离他近，也许离我们挺远，而佛不恨的慈悲心，没有远近，是我们每一个人在此生中需要养成的，无论你是什么信仰。

慈悲看起来很重，像释迦牟尼，他爱世人——确切地说，是爱一切生物——他的方法论是放弃贪嗔痴，以绝对退让、绝对和平的方式来得到爱，同时，他是一个最爱自己的人：他跟人无冲突，人际关系融洽；他没有物欲，绝无财务危机；他除了说法与修行，不必承受工作压力。如果你的丈夫受他感召，你真的很难战胜这样的情敌。

我们中的许多人不可能出家，往大里说，全出家了，谁来供养佛法僧里的僧呢？往小里说，若有人问我这个问题，我会诚实地答：我有性欲，我容易被漂亮姑娘吸引；让我长期吃素，受不了馋虫折磨。因此，我们只能修行那些看起来比较轻的慈悲，让人开心的是，这就像欢喜佛告诉我们的，在男欢女爱里，我们也能得到慈悲：我们爱一个人，为什么会无视他的缺点？甚至到了后来，无法剥离他的短处与长处？那是爱带来的宽恕。接下来我们更会知道，这缓缓涌现的宽恕，正是爱最终要证明的论题。

我倾向于认为，爱情中的爱与恕会慢慢延伸出两个人的小世界，你们会像红泥小火炉一样，让旁边人的人觉得温暖：你可能不会苛责服务生；你可能不忍心嘲弄弱者；你更不会往牛奶里掺三聚氰胺；你也不会让强横的势力欺负你；你不会插队，也敢大声制止插队的人……这一切，都是慈悲，它是爱给我们的，无论我们爱不爱他了，我们不恨他，就是慈悲的开始，也是自己平静地重新开始的幸福哲学。

祝开心。

连岳

2008年9月22日

要求女人绝对服从的男人，
不是值得爱的男人

连岳：

你好。坐在办公室的电脑前，偷偷地给你发邮件。看了差不多两年你和别人的交流，从未想过有一天自己也会成为这其中的一个。没有鄙视的意思，只是觉得很多很多的感情问题都可以自己解决，只要心中有明确的目标，只要知道自己想要的是什么，一切便都明明白白。可是现在，曾经很看得透的我，眼前一片迷雾。

我们谈了快9个月了，最近出现了很大的分歧，也许以前也存在，只是大家都不愿深究，怕得出一个血淋淋的结局。现在都忍无可忍了，所以就爆发了。大分歧粗略统计如下（小的就不提了）：

1.他觉得我对于男女之事太放不开。他几次要怎样，我都没答应。尽管他也没用强，可不高兴是肯定的。我也很为难，推三阻四。在他认为，这种事是很重要的，我有满足他的义务。而我却认为严格说来，结婚后才可以怎样，如果要退一步，至少也要先订婚。我真的不愿意在什么保障也没有的情况下做这种事，然后自己担心会不会怀孕。真的无法忍受。我也几次和他谈过，但他认为这是很愚蠢的世俗观念，因为一旦怀孕，他会负责，会想办法结婚的。说实话，我无法这样信任他，也许我太有戒心了。

2.金钱观念。我相信多赚可以多用一点，少赚就自己克制一下购买欲望。又没什么东西是没有就要死人的。所以当初他说自己什么都没，没新房，没存款，没车。至少5年内很难能全部解决。我就明确地表示，这些都不重要，我有我自己的想法。当然，如果能有很好的生活，我也很乐意的。总之，不强求。最近的三四个月，他一直很烦钱。呵呵，因为股票被套了，有20万是贷款的。他又说自己其实一点都不担心钱的，只是目前没条件而已。可是当我说别人也这样觉得啊，所以别烦恼了。他却说他压根就不觉得自己现在条件差。这都什么人啊。很难理解。后来告诉我，他可以自嘲，别人（包括我父母）那样说就是不对。好吧，我能接受这个讲法。他又说之所以我不答应第一点所提的事，就因为我也这么想的。怎么会这样。真的无语。

3.家庭观念也区别很大。他认为他的话就基本是对的，我就要无条件地接受，认同，照做。

他就是天。也许被他自已夸大了一点，但是一个硕士毕业生有这样的想法，真的很像外星生物。怎么着，也算受过高等教育啊。应该懂得互相尊重，平等相处。

就是这样一个人，我却和他相处了这么久，还以为可以相处到老。我真的疯了吗？要继续疯吗？（好像我自己就很完美似的，呵呵。）

絮絮叨叨地讲了这么多，好像都在抱怨。真没办法。

第一次以结婚为出发点和一个人相处，却这样无法收拾。很失败啊。觉得是因为无知，所以迷茫。所以需要过来人指点。连岳，你似乎就是那个人。所以写这个打扰你了。抱歉，呵呵。

祝开心，也祝早日回复。

无知的迷茫者

无知的迷茫者:

难得有人一一开列具体的问题，那我就逐条回复吧。

1. 在没有确定你们有责任养育一个孩子时，请务必在性爱时采取避孕措施。我觉得一个人的文明程度就是他对孩子与宠物的态度，决定要就等于自己签下终身不能反悔的单方面义务履行条例。我们街上有很多流浪狗，有更多的孩子痛苦地发现自己摊上一个忽视他的、折腾他的、抛弃他的父母——这些都是瞬间的快感引发的后果。鉴于生殖的痛苦主要由女性承担，我始终认为，女性在这个问题上具有绝对的主导权。

性行为模式你若不喜欢，拒绝完全可以，性爱当然要找到给两人都带来快乐的方式，只一人爽的方式并不适合相爱的人。你若不愿意，别说口交，就是天使式都失去了合理性。当然，这里面存在一个风险就是，他可能为了释放性欲，去买春或者移情别恋——后者不必担心，下文会有解答。

2. 他挺担心钱的。更重要的是，他还没有赚钱能力。说实话，我没有见过一个不在乎钱的人，尤其是没见过一个贷款炒股而又套牢的人不在乎钱——这样的人最在乎钱了，只不过亏了，所以假装不在乎。在巴菲特看来，这种人可能一辈子都得受穷（贷款炒股可能就死得更快一些了）。巴菲特是世界上最慷慨的人，几百亿财产的大部分都捐给了盖茨的慈善基金，同时不停地呼吁政府提高遗产税（政府如果听他的话，他就要纳更多的税），这样不在乎钱的人，他一直认为年轻人应该有这条常识：只有钱才能让自己活得更舒服，只有投资才能让自己致富，而投资最重要的信条就是诚实地做自己能理解的事情，从错误中了解自己的失误。

想钱想得要死，贷款去股市里抢，被人宰了以后又说自己一点不在乎钱，这种错上加错的男人，不说他别的，钱，这辈子不欠别人可能就算他好彩了。

爱一个人其实是爱自己的判断力，有钱的年轻人不多，但是他们许多人将来会成功，有钱有名——也许挑不准这种人，但是他的未来就写着失败者三个字，我看，你没什么选择余地了。

3. 当然一个失败者，也可以是一个好玩的人，一个好情人，一个好丈夫。遗憾的是，他还不是这样的人。

前面说了，你不必担心他移情别恋。因为一个要求女人绝对服从的男人，基本上不是值得爱的男人。换言之，如果你爱一个这样的男人，那可能也是一个不怎么样的女人。他下半身进化到了后现代的口交，可是脑子还停留在封建时代的男尊女卑，我看他全身可能只有鸡鸡配得上硕士称号吧？

祝开心。

连岳

2008 年 9 月 30 日

让爱活着走到终点

连岳：

我，男性，年底24岁，一个有点爱好有点想法的二手知道分子。三年前我认识了一个女孩，我大她两岁。两人一见钟情星火燎原。这是我第一次恋爱，起初，美好到完美的程度。然后，我在国外学习，呆了两年多，中间暑假回国。虽然是异地恋，我们的恋爱在两年多的时间内还是新鲜甜美如初。只是在我回国前几个月，一直感觉她似乎变得冷淡了，虽然我还是一周三个电话外加每天QQ联络。

今年年初我回国，现在工作，她大四。在这大半年内，我们频繁地争吵，以前隐藏的不安定因素逐渐开始作用。直到一次争吵过后，她离开了我。之后我沟通过，她不接受和好。

在我看来，她有很多吸引我的优点：精神上彼此可以很好地沟通慰藉，真诚，不势利，聪明，等等。缺点差不多只有一条：以自我为宇宙中心。还有一点，她说她性格特别，对男人不会有爱情的感觉（她性取向正常），包括我，也只是感觉喜欢。因为我身上有一些比较稀缺同时她喜欢的品质。当然，在她眼里我有不少毛病，比如：没有长大，不够淡定，优柔寡断，懒惰，缺乏坚定的上进心，体型偏胖，和她一样自闭。这还是刨去诸如不懂细心体贴地照顾女孩子这类战术性缺失之后的结论。

要命的是，从180斤减到150斤需要时间，从一个刚步入社会尚未完全断奶的怂逼愣头青到内心开放而坚定强大的硬汉男人需要时间，从书本上的悟性到现实中的知行合一需要时间。更要命的是，她已经没耐心等待或者说和我一起经历成长。

有时候说到她所喜欢的标准，她希望她的男友应该比她强，能让她依赖，引导她进步。这时候，我用歌德来戏谑——永恒之女性，引导人类上升。她埋怨我不能主导我们的关系，因为我不够强大。而又因为我不够强大，所以她感觉我无法给予她所需要的依靠感。我不知道这在逻辑上是不是自洽，因为讨论到这时候，通常我已经欲辩已忘言了。

我希望二人像伴星，而她似乎总处在行星的位置上，然后要我作为围绕行星运转的卫星存在，同时声称，她的理想是围绕一颗质量远比她大的恒星运行。显然，我现在达不到她的标准。所以大家很痛苦，即使我们有很多和谐的地方，从思想到床上。

前几天在网上聊，她问我是不是感觉她很糟糕。我闻弦知雅意，猜出她可能碰见别的男人了。

终于，今晚在咖啡馆，她最后承认她选择那位。应该说《我爱问连岳》对我还是帮助挺大。正如秋雨庵的余师太所赞，谈话始终保持着动人的气氛。我们都很温柔理智，没有拍桌子摔板凳，没有彼此诅咒。只是我以为已经到八风不动的境界了，没有想到除了下半身，眼泪竟然也一时不受控制。她也流泪，很不舍。我之前告诉她，我看重她因自由意志而作出选择。今天她问我为什么不挽留她，我说我在挽留呢，她说她还是不会选择我，因为现在的感动恐怕是因为她想着我的好，如果继续，现实的琐碎问题和矛盾很可能又让她充满负面情绪。她问了几遍，想跟我以后还做很好的朋友。

送她到学校门口时，我又一次挽留，起初她态度决绝，理由如上文所述。当我问她到底爱不爱那个83男时，她说就是感觉钦佩，同时那男的性格温和淡定，这是她很喜欢的。对了，还有该死的新鲜感。最后她有些松口，说到十一假期时再决定。搞笑的是，她说她还是爱我的，因为没想到今晚会哭，分开那段也时常想起我；但即便如此，她认为她对我的爱也只有一点，没有太多。她还是更倾向于以后和我做很好的朋友。对我来说，这个难度系数恐怕有些高，当我联想到她和另外一男的在一起时，即使没有怨恨和嫉妒这些负面情绪，我觉得我可能还是会有些难受。

写到这儿，该说的都说了。连岳，我就是想和人交流。你在局外，我想听听你的看法。

180 男

180男：

都是男人，那就从猛一点的话题开始吧。

无论什么时候，只要出了事，都有些人鼓吹牺牲，要动用暴力。对暴力的爱好与迷信贯穿了我们私领域与公领域，从男女之爱到国家之爱。说实话，我非常非常厌恶这种人，因为他们基本上是一群胆小鬼，只等着用别人的牺牲浇自己的块垒。

碰到这种人，很简单，我会告诉他，竟然你热爱以死亡作为武器，那么，人类现在正面临人口压力，资源也不足，你马上实践自己的想法，去死，这样至少能降低一点二氧化碳排放量。他们会马上剖了自己吗？绝对不会。

这群希望别人牺牲的胆小鬼还具有智力上的缺陷，即认为一切缓慢的积累毫无意义，南极点与北极点之间空无一物，必须跳跃瞬间到达；他们崇尚简单的系统，他们不知道任何繁复一点的文明、雅致一点的思、从容一点的态度，都是由时间之沙打磨出来的。他们的妻子若只生下男婴，想必会受到责骂，因为她们必须生下一个“内心开放而坚定强大的硬汉男人”，不必喝奶了，头也不回地从产房立马走出去充当社会栋梁。

这个原则我们是不能退让的：保持生命，没有任何理由剥夺他人的生命。

这个常识我们是不能忘记的：我们现在与终点之间，是漫长的距离。

这个原则与常识在爱情中怎么体现呢?

有些胆小鬼会在你遇上任何一次爱的挫折时告诉你:没什么爱。以诱惑你内心的爱自杀。以增加他自怨自艾的力量。

爱情会以各种方式死亡,越是你认为完美的爱情,结束时对你的打击越大。这时你要这么想,那可能是这个爱情不够完美吧?要迅速去做的事情只有一件:去和姑娘搭讪。

我们的一生,是个整体,在这其中,我们会爱一个人,也可能爱许多人,在终点的时候,我们才知道人生会向我们说什么,我们可能才能体会爱的意义。每经历一次爱,我们就知道一点,做一点,比如你这次若能从 180 斤减到 150 斤,我觉得就没辜负那些好时光。

我甚至有预感,许多看了你这封邮件的人,已经爱上了这个温柔、幽默的胖子,他这么轻松地叙述了自己的哭泣、自己一段爱情的消逝,他这么多情,这么伤心,而你看他的邮件却会笑出声来。

虽然他重达 180 斤,可他才 24 岁。

你漂亮的爱情还在后头呢。

祝开心。

连岳

2008 年 10 月 7 日

输给他后天的快感?
还是先天的倾向?

连岳:

　　我和他2000年在国外读大学时开始约会，都是彼此的第一个。很快我就向他坦白被强奸过的经历，他非常冷静开导我说，不要因为别人的错误惩罚自己，我是没有错的，还是心理上生理上的处女。可能就在告诉他我的问题几天或者几周后，我们上床了，都很慌张但是甜蜜，他很不好意思地承认了自己是处男。

　　因为在国外接受性教育的缘故（据他讲是很强调给女性带来pleasure以至于到了很有压力），处男第一次一般早泄对吗，之后我们常常尝试但是他都早泄，但有一次不知道怎么就好了，从此就好了，我们非常合拍，我也从最初的冷淡变得热情，因为他教我这个观念：sex也是生活中pleasure的一种可以好好享受，并不用为了别的pleasure而放弃。

　　因此我对他无比感激。包容，安慰，和拯救。

　　2001年因为觉得他忽略我，用我和他都不能想象的方式和故事害他大哭一场。三天后他约我谈至深夜，最大限度地保护了我的自尊，说要我做他的红颜知己，然后说其实情愿我永远都不要告诉他这些。我们是分不开的所以一个月以后互相拥抱了，装作什么都没有发生过的表情。

直到一年后分手。那是 2002 年，我赌气要找一个宠我的人，因为觉得他对我太冷静太严格，从来不迁就。

几个月后他主动恢复和我的联系成为朋友。我仍然什么心事都跟他讲，像以前一样依赖他，包括向他哭诉被新男朋友骗。

由于某些原因和第二个纠缠很多年，这个过程中我非常想要回到他身边，他也没有过女朋友，我便一直抱有希望。

直到 2006 年初和第二个终于了结，和他又发生冲突，整个 2006 年没有联系，2007 年重新开始约会，他尽量带我去工作上的社交场合，表现出来很愿意重新开始的样子。由于我工作太忙以及其他原因进展缓慢，直到 2008 年春节他带我回家见了一大堆亲戚，似乎就把关系重新确定下来了。

去年我答应他来他所在的城市工作一同住，但也是两个星期不碰我，我奇怪，但是也就算了。

后来终于发生了，他没有采取措施，我紧张

得要死不知道怎么回事。以他谨慎的性格，不会这样的。

他是一个很成熟的人，又含蓄体贴。

然后就说到生小孩，不知道怎么了就天天跟我热烈讨论这个问题。我认定他是我唯一的爱情。

这段时间的同居发现他对手机和电脑保护得很好，还有奇怪电话。起了疑心，找机会翻，就看到我不在的时候他和谁约会过。

直到昨天看到网上他的gay注册资料和照片，我崩溃了。

他让人觉得冷，不管是男的还是女的，网上的"弟弟"也这么抱怨，看着这些文字真的有恍若隔世的感觉。不同的性别，不同或者同样的时空，同样地爱他。

我觉得整个人都碎掉了，但还是不想放手。

连岳，我认同你对男同性恋找女人结婚这种行为的观点，但请先别鞭笞他。我觉得他可能是喜欢尝试不同的东西，本来有点爱干净而已。好奇去看看同志的世界，然后觉得有特别的快感。自身的行为和偏好也越来越向着那个方向走；对女人失望，于是更喜欢白净可爱的男生。

你认为这个是天生的还是后天影响的？可以改变吗？

现在他和我很明显地有一点交功课，有一半时候不能勃起。

他应该也很挣扎，觉得不能再这么下去，尝试和我上床，并且用造人这样的理由作压力和动力。

他是我迷路的宝贝，我把他对我的隐瞒理解为他已经很迷茫感觉很孤单因此伸出手来寻求帮助，那么急切地想要小孩是想要靠家庭营造的气氛压抑自己对男生的渴望。我觉得自己不应该在这个时候撒手不管，而应该帮助他去实现。只是，我付出的代价会很大。

我真的爱他，但是做不到没有条件地爱他，我希望他也爱我，不是网上一个男生。

我不明白的是他为什么对女生那么谨慎，而男生就可以在网上找然后立刻带回家？

碎片

碎片:

从我目前的知识构成来说，我倾向于认为同性恋是先天的，它既不低于、也不高于异性恋。为什么很多同性恋似乎存在被唤醒的现象，从此厌恶异性间的性爱？那是因为异性恋从来都是强性存在，是物种繁衍的保证，在同性恋被污名化、罪错化的环境下，也许只能"学习"异性恋。同样在中国这个环境，在中心城市，你可能会发现更多的同性恋，而在小县城可能没人敢出柜——这不是说小县城的人到了大都市，就变坏了，成为同性恋，而是因为小县城价值相对单一，宽容度低，同性恋的压力过大。

既然性倾向天生，那我觉得就无法可想，如果发现枕边人是同性恋，那最好的办法就是分手。

但是今天，我宁愿顺着你的意，把推论的出发点往后推，假设同性恋是可以后天习得的，来看看你的感情有无挽回的机会。

我们后天可能学会许多坏习惯，同性恋若像抽烟、喝酒这些嗜好，巨大的社会压力都不能让其中的人放弃，那么，显然其中蕴含着难以言说的快感，他跟你一半时间不能勃起，而原本爱干净的他网上拉个男人就能干，那说明同性爱比异性爱有趣得多，以至于为了它可以放弃爱情、安全、卫生——请问，除了强迫，你还有什么办法让他对你重燃热情呢？只怕不举的频率会越来越高，搞得两人都痛不欲生。

同性恋的反对者也找不出法条来惩罚他们，最多只能指责他们是道德沦丧，轻罪都不是，又有快感，这么低成本的幸福生活方式，你怎么拉得回来？这根本不是"迷失的宝贝"，而是进入糖果铺的宝贝，开心都来不及，怎么会感谢你伸手拉他？这就像一个女人抱怨男友迷失在好莱坞，天天随便拉个女明星回来上床，下了决心要帮他走出压抑的气氛，回到自己这个黄脸婆旁边不举——这怎么好意思说帮他呢？听起来也许不敬，但两件事的道理是一样的。

同性恋一直是弱小群体，如果像你所猜的一样，只是一种可以纠正的快感，那么，我们现在看到的将是大多数男人全是同性恋，比异性性爱还美妙的体验，以我对男人的了解，他们一定全在与同性胡天胡地了，再也不会睬女人一眼。而事实并非如此，多数男人看到裸体男明星也不会有感觉，而旁边走过一个漂亮一点的女生，脑子里估计就全是性幻想。所以最终你还是输给了他先天的性倾向，一点也不丢脸，更无挽回的必要，算是没什么后遗症的分手，别试图去和一个人的天性为敌，到了他真的勉强搞出一个孩子来，你们三人的一生都会毁掉。

现在分手，你下一次恋爱还有个很酷的谈资："亲爱的，你知道吗，我原来的男友是GAY！"

祝开心。

连岳

2008 年 10 月 14 日

胖子，我们爱你！

连岳：

不幸被你猜中，从"我用歌德的话来戏谑——永恒之女性，引导人类上升"开始就慢慢对180男有了感觉，到最后的"连岳，我就是想和人交流"的种种，很激动找到价值观和自己相近的人，也"已经爱上这个温柔、幽默的胖子"。

很欣赏他的"我希望二人像伴星"，总觉得这并非是"没有长大"的托辞，而是平等的观念——最吸引人的地方，并非一个大男子主义的人所能比拟的。

希望他好好加油，不必遗憾，至少曾经付出过，爱过。

—

连岳：

　　你好！昨天周日我一人在家打开"壹周"来看，被180男的幽默开心了一整天！他的伤心和多情使我感到很温情，请你转告他，我这个30岁的姐姐多么喜爱他！
　　24岁180斤有什么不好吗？
　　5岁的孩子能像50岁的人那样子了这人生还要过吗？
　　姐姐30岁了还走在低谷期并且还没有爱情呢！

连岳：

　　展信愉快。
　　最近包里一直放着《我爱问连岳2》，蛮厚的，有空的时候就翻着看。
　　有时候，聪明的连岳写的话太连岳，我常常要回过头去看原信想想。整整的一本书拿起来就放不下，但我还是怀恋以前每个星期三等着看"壹周"，可以用很长的时间去消化一个道理，而且还有个人和我一起看。很美好。
　　他是我从16岁就喜欢的男生。很多年了，我们在所有朋友眼里是最被羡慕的一对。我迷迷糊糊地幸福了几年。而今年前半年的出国，起初我被国外一切新鲜冲昏了头，忙碌而激动。是我忽视了他，冷漠了他，而且让他有了女朋友比他看上去更有前途的假象，回国后，就半年，他就出轨了。

是的，我们分手了。

是的，起初我不能接受。

是的，我也失控了。我从小到大还没有尝过分离和失声痛哭的感觉呢！

但是现在好多了，有空就一个人看很多书，看连岳的书。

昨天看到《让爱活着走到终点》，感谢连岳写了一段我不用思考就可以看懂的文字："越是认为完美，结束时对你的打击越大，这时你要这么想，那可能是这个爱情不够完美吧？要迅速去做的事情只有一件。""在终点的时候我们才知道人生会向我们说什么。"

这次的连岳很温情。主人公180男也是。如果有机会，希望可以告诉他：你很可爱，我可以认识你吗？！这是连岳你的预感，我要让他实现。

诸位：

你们都爱这个胖子。

胖子原来的邮件比报纸刊登的长得多，将它发在我的 BLOG 上后，胖子的故事也引发了一些讨论，署名"姜瓜"的留言支持率很高：

> 作为一个有些类似信中描述的女孩的过来人，我有以下说法：我从 20 岁到 30 岁一直寻找能让我钦佩的男人，否则就觉得是在谈"没营养"的恋爱，但是那时候我没想过我是不是对他人有营养。所以我像一个贪婪的吸血鬼，吸取一个男人的营养，然后抛弃，再去吸下一个，当然抛弃的时候也是眼泪汪汪，说还是爱的，但是没办法。
>
> 现在 31 岁了，经过一次次的反复，我也不得不反思。真相就是，那也不是爱，是个人的成长，我长大了，明白我自己也必须对他人有营养，此外，爱的关系不需要相互挑战。
>
> 但是这些感受是必须用经历换的，再聪明的人，开始也是要犯浑的。三年，24 岁，来决定什么还太早。去就去吧，只要有成长，不要怕痛，以后才知道它究竟对人生意味着什么。

胖子为什么这么招人喜欢？因为他刚好描述了人在爱情中成长的可能，成长的必然，成长的不可抗拒。如果说男人是泥，女人是水，真正的爱情，从泥中淘出了金块；而两个彼此憎恨的男女，恰恰搞成一潭泥水。

从蛹化蝶，就是爱情给人的礼物。从这个意义上来看，每一个爱过我们的人，我们爱过的每一个人，都是我们的恩人。

我们终究要超越爱情的物质阶段，不是为了金钱、为了车、为了房子而爱一个人——不是说这些不重要，而是因为我们不缺钱，我们有能力自己赚钱——我们会为了更快乐、会为了想知道人生的更多可能、更多秘密而爱一个人，我们会从物的爱情走到灵的爱情，那样，爱情才能展现出无尽的可能，我们本身也能被爱情引领到美妙的境地。

在物与灵之间，我们是阿里巴巴，需要一个咒语，打开沉重的封闭之门。

幽默感与宽容度，就是咒语。

胖子展现的，就是这两点，所以，他让许多人喜欢他不是没有原因的。许多可爱的人，都学会念这个咒语。非爱即恨的简单思维，诅咒纠缠的怨夫怨妇兵法，斤斤计较的市井手段，这样的爱情，许多人认为才不吃亏，才符合主流——是，他们也是阿里巴巴，他们抢走了那扇石门，背了一辈子。

幽默感是立足于自嘲的，我们的不幸、我们的痛苦、我们的伤心、我们必然经历的一些破碎的爱情，你会笑的时候，它们就是你的资产，能建立你的信用，你哭着抱怨时，它们就是你的负资产，让你破产。

宽容只能体现在你不再恨你不喜欢的人，是你知道了两个不爱的人，他们可能都是好人，两人互相折磨的人，他们反而是脑力匮乏的可怜之人，那些苛责我们的人、冷遇我们的人，只不过让你更有力气而已——容得下他们，你的力气就增长；容不下他们，你就要背着他们消耗原本不大的力气，最后被压垮在原地。

谁说爱情无聊？谁说爱情不是必需品？阳光、水、空气与爱情，是我们生命的四要素，没有爱情，死亡就降临了——无论你是 180 斤的胖子，还是 80 斤的瘦子。

我们只能在爱情中活着，这是爱自己的唯一选项。恨折扣我们的爱的精力，让我们变丑，这么不智、不利、不好玩的事情，只有跟自己有仇的人才喜欢。

祝开心。

连岳

2008 年 10 月 21 日

"一眼情"的感悟

连岳:

作为一个忠实读者，挨了几周之后还是决定给你写这封信。因为找不到更合适的人，心里的感觉等了又等却还是不肯散去，希望你能拯救一把或者教训我一通都好。

我跟老公是大学同学，去年年底领的结婚证，这个年纪结婚作为80后不算早也不算晚。在旁人眼里我应该是很幸福的，两家经济条件都不错，我们俩各自的工作也不错。为了结婚，房子车子都陆续有了，平时生活上父母还会给些照应，什么也不用愁。我也一直觉得自己是幸福的，甚至有点幸运，在这个好男人匮乏女生普遍变成"剩女"的世界里。我们俩也一直都很好，除了平时生活中不可避免的小摩擦小脾气，可以说很完美了。他在我眼里，有上进心，工作努力，乐观开朗还能逗我开心，从恋爱一直到决定结婚，我常常想，我们一定会好好照顾彼此一直走下去。

坦白说，我觉得自己……怎么说呢，喜欢一

个人的时候一定会全心投入，可是一旦不喜欢了一定会毫不留情地离开，所以之前的感情经历都是我以这样的方式伤害了别人（我想是伤害了吧，或多或少）。慢慢长大了，风景都看过了，遇到他，我再一次投入，相信自己这一次的坚定。

的确是坚定了很长一段时间呵，我生命的每一秒都跟他息息相关，没有任何别的事情可以让我分心，或者说，变心……

直到最近——

我好像喜欢上我的摄影助理。其实只认识他一天而已，在我们拍婚纱照的15个小时内，他的职责是负责帮我们摆pose整理裙摆等之类。当天我心情不是太high，本来也不是个多话的人，所以其实交流得也很少，当时也没有任何感觉。直到回家后的第二天，想起他认真扶我的手摆角度，或者他搞怪活跃气氛，突然很想念他；又想到我们可能再也不会见面了，他也可能已经有了女朋友，心里很重很难过。

之后的一段日子很混乱，会突然在做什么事情之间想起他，有冲动想跑去店里等他见他一面；有时候疯狂在网上搜索别人的评论，一遍一遍地看提到他的那一段，哪怕只有只字片语；还有很多时间会发呆，想哭，什么事也不想做。

觉得自己还是努力在克制自己那些疯狂的念

头的，因为我还爱我的老公和我的家。我说服自己相信那些感觉只是一时冲动，时间会把他们带走的，而我，不能做出任何不负责任的事情。虽然直到现在，时间还没有发挥出它的最大功力把一切都沉淀下来。

可是，沉淀了就可以当作没有发生过吗……

连岳，这是不是所谓的"精神出轨"？我曾经坚信我不会的，也信誓旦旦如果我老公有的话我是不能够接受的，因为我不能忍受他虽然跟我在一起但心里想着别人。但没想到是我自己先违反了游戏规则，感觉好像自己狠狠地扇了自己一个耳光。曾经的信念一下子全都坍塌了，难道说随着时间的推移，我们真的只是因为家庭、责任才在一起，那些新鲜欲滴的恋爱的感觉终究会慢慢褪色？

请相信我现在的内疚和迷茫，在这个季节一遍遍地听着"秋天别来，我还没忘了你"……不知道我下一次回头看自己的时候，是会在哪里。

祝开心。

九小姐

九小姐：

在一个没有道德的地方，其典型症状就是相当爱炫耀道德。

多年以前，读过一篇日本小说，说是有个道德感奇强的人，感叹世风日下，忧心如焚，于是他终日向神祷告，要求赐予他神力以惩罚不道德的人。正如这类人发起癫来相当执着一般，他把神都搞烦了，说，好吧，给你神力，我答应你一次。他说，我得把那些败德的人缩小一半，其他人一眼就可以看出，不至于被他们的花言巧语迷惑。

神点点头答应了。此人在拯救了世界的快感中忽然发现，周边的物体看起来变大了——足足有两倍那么大！原来他缩小了一半……

这篇小说（或者说是寓言）告诉我们，道德狂人是最不道德的人。它应该收入中学语文课本。当然，这不太可能。所以这些年来，只要碰到那些酷爱道德的人，我就复述一次这个故事，以弥补教科书的不足。

我们有时候辗转难眠，以为自己在心里建设道德，其实恰恰是因为我们不道德。最大的道德就是宽容；而道德唯一的方法论是：己所不欲，勿施于人。实行这两点，这个社会可能看起来会很不道德，再无圣人，人人都像我们自己一样，是个不完全的人，会做许多错事、恶心事，甚至有许多触犯你的人神气活现在活着——不过，这正是一个正常的道德社会。道德只宜律己，不宜律人。

显然你把婚姻内的道德标准画得挺高的，高得跟基督耶稣一样。他在福音书中说过，并不是偷人偷上床才叫淫，你看了女人一眼，心里起了偷的心思，就是淫了，就得下地狱。你也说你不允许老公心里想着别人的"精神出轨"。

耶稣是史上最强的酿酒师，他把水变成了酒；耶稣是史上最强的武林高手，他能在水上行走；耶稣是史上最强的医师，仅靠抚摸就治好了皮肤病与精神病。以上技能，你有吗？你连拍婚纱都得付钱雇人，凡人一个。在今天，我们有性幻想排行榜，人家打飞机时想着自己，那是种荣耀；在今天，我们不能容忍华尔街的指数暴跌，财富是带来幸福的重要保障，而耶稣当年传道时说，富人进天堂比骆驼穿过针眼还难……

所以许多诸如此类的道德标杆，因为违背人性，永远无法实行。没人会当一回事。你与摄影助理的"一眼情"就证明了这点，正是这点"软弱"引发了你对婚姻中爱情褪色的恐惧。你马上想到了另一点其实启动了婚姻健康保险，你说好像被自己扇了一个耳光——这就对了，你知道了人的冲动，你原来以为很容易做的事，在婚姻中并不容易。很多人以为恋爱后，或者结婚以后，就进入了另一个时空，原来的烦恼全部结束了。遗憾的是，不存在这样的新时空，我们还是我们，水还是水，没有变成酒。

我觉得你有个判断是对的，这段"一眼情"随着时间，会散掉，这种事情就像偶尔风寒感冒一样，对抵抗力是个考验，对身体机能也未见得是坏事。这次经验让你觉得婚姻需要经营，人会面对未知的忽然出现的诱惑，同时也不对老公进行不切实际的要求——这是多么了不得的感悟，成为一个正常的人，开心都来不及，何必伤感呢。

祝开心。

连岳

2008 年 10 月 27 日

爱要复利增长，
不然人生就白白挥霍了

连岳：

你好。我，女，28岁，性格开朗，外形喜人，口齿伶俐，感情丰富。

先说A男。A是35岁已婚男。据他说，他和老婆感情很不好。

A男和我处了一年朋友，我们这一年相处得非常开心，他充分理解我支持我，是个很优秀、很包容的男人。

开始他也是政治的左派，性的保守派，很让我看不上。

但他资质好，爱学习，心态成熟又稳健。经过我一年的循循善诱，他变成偏右人士；在性爱上，他变成了一个尊重女性又落落大方的成熟男士。A男唯一的毛病是已婚身份。

前几个月我对他说：算了吧，我不想和已婚男人交往了。虽然很爱你。

A男一听傻眼了，他说：那我就离婚吧。反正我早就打算结束这段婚姻了，只是缺个一锤定音的动力。

我说：不用离婚，我又不图和你结婚。我只是不想和已婚男人交往了，烦了。

他说：我也是家庭压力下结婚的，没办婚礼，没照婚纱照，没有孩子，5年来婚姻一直无趣味。现在，我知道了你才是我最大的幸福，所以我决定离婚。你也不用有道德负罪感，因为即使不认识你，我也早晚会离婚的。

我说：随你大小便。

他就和他老婆提了离婚，结果他老婆立刻就同意了。

她老婆也说婚姻没趣味，既然夫妻多年不说话，死扛好几年，那离了反而轻松。

这下轮到我傻眼了。其实我暂时不想定下来，但我又很怕失去A男。因为A男太好了，简直是为我量身定做的，但我就是害怕和一个人签订一个一辈子的契约，就是觉得自己还没准备好。

但现在，不跟A男好好过，我简直都要担负道义上的责任了。理论上，他是成年人了，离婚是他自己的选择，跟我没关系。但实际上，我一看A男很伤心的样子，我就觉得他好像在说："你看人家都离婚了……"

现在整的，好像不跟他复合，就像欠他八百吊似的。

这还只是 A 男的问题而已。下面请看 B 男的故事。

B 男，是个比我小两岁的外国男孩。我不知道你能否想象，他就是那种白净的、俊美的、沉默的、单纯的、善良的外国男孩。

我俩开始就发发短信，出去一起吃吃饭、喝咖啡什么的。后来，短信由几天一发变成一天几发，开始往暧昧里发展了。说心里话，我是非常喜欢 B 男的。当然，跟像 A 男那样撼动灵魂的爱没法相比，但 B 男也真是我喜欢的。他毕竟年轻，纯美，甜，我和他在一起的时候感觉像回到了大学时代。

昨晚 B 男跟我说：刚跟你认识的时候，送了你一把切纸刀给你工作用。但现在我们不在公司做同事了，我不会再送你切纸刀了哦，我会送你你喜欢的首饰的。

我很开心，但也非常紧张。因为我不想收什么首饰，感觉有点太重了。不是钱太重，是情太重。一个向来比较沉默的男孩，要是连吻都没吻过你，却很严肃地跟你说要给你买首饰，我想他的心里还是有很大波浪的。

所以我紧张了，因为我把 AB 男都给惹了。说心里话，两个我都喜欢。但我只想和他们一起度过愉快时光，互相体贴关爱，不问未来。我不用 A 男为我离婚，我也不用 B 男送我首饰，但他们都对我这么情重，我真的很有负罪感。

您瞅瞅，当小三，未婚就过夫妻生活，喜新厌旧，朝秦暮楚，我感觉自己就像传说中的那啥，还不如那啥呢——连陈清扬这种正牌那啥，都只跟王二敦敦伟大友谊。我这算啥啊，欺骗自己的敦友和准敦友，鄙视自己。

多说一句，以上的罪名里其实只有一条折磨我，就是朝秦暮楚。严格地说，我是跟A男谈妥分手了以后，才跟B男好的。A男B男也不算有什么重叠，技术上讲，我也不算劈腿。但人心是不能论技术的，我的罪恶感啊，天天在心里头喷涌，星垂平野阔，月涌大江流，您走进我小心脏看一眼来，老壮观了。

说心里话，如果这是母系社会，我恨不得把俩都娶回家去，A男当正房，B男当小妾，我都跟他们好。人说船要风光有两个橹，姐要风光结识两个郎——风光个屁了，这都是骗人的。我现在灵魂饱受煎熬，每天都忐忑不安的。请连岳老师帮我看看，我该怎么办呢。左边是love，右边是crush，前面是对婚姻生活的不甘心感，后面是对单身生活的恐惧感，头顶是不能骗人的正义感，总之就是累死我了。

一个忧愁的女网友

一个忧愁的女网友：

　　这么好的文字，就把信的全文留着吧。舍不得删。我想，外形漂亮，又能写这样一手文章，被多个男人爱上，可能也不是什么奇怪的事情。优秀的人得到更多的恋爱机会，这也符合进化论吧。

　　当然，爱情的麻烦正如你所说的，人有灵魂，交配得赋予意义，繁殖倒可有可无了。

　　这两次恋情都让人着迷，而且看出你掌握了充分的主导性。这听起来像是废话，正因为都好，才不能取舍的嘛……如果我偷懒一点提建议的话，你随意选取其中一个，可能都会幸福快乐。

　　当然这得先解决一个共同的问题，就是你对长久关系的恐惧感。越是受宠的人，越容易引发这种恐惧感，以至于不敢确定关系，不能面对婚姻。就算不得已暂时和一人确定关系，他也容易去挑逗新人以证明自己仍然值得人爱，仍然有魅力；所以失去创造力的诗人最爱把换女朋友当成工作。

　　作出决定和某人共度漫长时光，确实不容易。我们的观念得往同一个地方走，从政治到性，我们的价值判断，从普世到一个朋友值不值继续交往，不至于有过激的冲突。在恋爱时，大家都新鲜，身体也甜美，敦敦伟大友谊，沟通主要靠性器官，当然快乐一些。在其后，我们慢慢熟悉，身体也会逐渐衰老，沟通渠道上移，逐渐倚重思维器官；在日常生活的衬托下，我们身上的坏毛病也会扎眼起来。

这些压力，想想都怕人，而没有想明白，贸然进入，不幸的概率就太高。这也是为什么我们在世界上与他人的关系最好是不远不近，每人保留足够的私密空间，因为我们共同享有命运是爱情的特权。

这样听起来，长久的爱情关系只有苦头。无非忍耐而已。不，这只是表象，爱当然是人类生活最精致的东西，也最值得追求。精致的东西，自然得依靠稳定的系统才能成长完成，它就像巴菲特的复利，每年都增长百分之七，在任何一个时间段，钱都长得不多，可累积几十年，他就成了世界首富，爱也是如此，当一起走了足够长的时间以后，你会发现在一起喝杯茶都能无比开心，在公共场合，交换一个眼神就知道对方在说什么。爱在时间中以复利的魔法增长，最后，没错——菜根是香的。在这个时候，你反而开始害怕时间不够长久，他睡得太熟，你会探探他有无鼻息，担心他就这么死掉了。

我们身处爱情之中，在这一生，当然也难免会时时觉得累，觉得有压力。但这种累是性爱之累，不是扛沙包的累，这种压力是你挣脱蝉褪的压力，不是抬老板轿子的压力。我们在爱中第六感发达，判断力敏锐，其实就是为了找一个人长久相爱，不然，人生就白白挥霍掉了。

　　不要害怕我们长久与一个人相爱，这关过了，选择就好作了。

　　祝开心。

连岳
2008年11月4日

胭+砚
project

图书在版编目（CIP）数据

我爱问连岳 . 3 / 连岳著 . -- 上海：东方出版中心，
2020.2（2022.1重印）
（胭砚计划）
ISBN 978-7-5473-1575-0

Ⅰ . ①我… Ⅱ . ①连… Ⅲ . ①随笔－作品集－中国－
当代 Ⅳ . ①I267.1

中国版本图书馆CIP数据核字 (2019) 第256735号

我爱问连岳3

著　　者　连　岳
统筹策划　彭毅文
责任编辑　肖　月
装帧设计　张　琪

出版发行：东方出版中心
地　　址：上海市仙霞路345号
邮政编码：200336
电　　话：021-62417400
印 刷 者：上海盛通时代印刷有限公司

开　　本：890mm×1240mm　1/32
印　　张：8.75
字　　数：159千字
版　　次：2020年2月第1版
印　　次：2022年1月第4次印刷
定　　价：49.00元

胭+砚
project

胭砚计划（按出版时间顺序）：

《天命与剑：帝制时代的合法性焦虑》，张明扬著

《送你一颗子弹》，刘瑜著

《暴走军国：近代日本的战争记忆》，沙青青著

《一茶，猫与四季》，小林一茶著

《摩登中华：从帝国到民国》，贾葭著

《说吧，医生1》，吕洛衿著

《说吧，医生2》，吕洛衿著

《我爱问连岳6》，连岳著

《国家根本与皇帝世仆——清代旗人的法律地位》，鹿智钧著

《父母等恩：〈孝慈录〉与明代母服的理念及其实践》，萧琪著

《故事新编》，刘以鬯著

《下周很重要》，连岳著

《亲爱的老爱尔兰》，邱方哲著

《诗人的迟缓》，范晔著

《群山自黄金》，莱奥波尔多·卢贡内斯著

《我爱问连岳1》，连岳著

《我爱问连岳2》，连岳著

《我爱问连岳3》，连岳著

《我爱问连岳4》，连岳著

《我爱问连岳5》，连岳著